Josef F. Justen

Das Leben erzählt die schönsten, aber auch die unglaublichsten Geschichten

tiefsinnige und spannende Kurzgeschichten für jedermann

AF219119

Bibliografische Information der Deutschen Nationalbibliothek:
Die Deutsche Nationalbibliothek verzeichnet diese Publikation
in der Deutschen Nationalbibliografie; detaillierte bibliografische
Daten sind im Internet über dnb.dnb.de abrufbar.

Titelfoto: © Fotos auf pixabay

Herstellung und Verlag:
BoD – Books on Demand, Norderstedt

ISBN: 9783754346389

Ich bekenne,
ich brauche Geschichten,
um die Welt zu verstehen.

Siegfried Lenz

Dieses Buch enthält die schönsten Geschichten aus unserer zweibändigen Publikation *»Geschichten über Gott, Engel und Menschen«* sowie zahlreiche brandneue Erzählungen.

Inhaltsverzeichnis

Das Medaillon 5

Der verborgene Diamant 11

Der Lehrer und der Bergmann 22

Ehrlich währt am längsten 30

Die erfüllte Prophezeiung 37

Die verlogene Trauerrede 45

Die letzte Chance 50

Der Kreislauf der guten Tat 56

Der Wahrtraum 62

»That's not a good idea!« 67

Die drei Räuber und die drei Richter 69

Lügen kann tödlich sein 75

Der Streik der Erde 80

Das ganz besondere Weihnachtsfest 84

Die Hebamme und der Tod 95

Maskenball der Seele 99

Die Dreiteilung der Beute 103

Das Beichtgeheimnis 105

Wie ein kleiner Engel sich goldene Flügel 109
verdiente

Der »grüne Gerd« 115

Der Tod und die Angst 119

Der sonntägliche Kirchgang (Gedicht) 121

Ein gar frommer Mann (Gedicht) 123

Das Gottesbild (Gedicht) 125

Das Medaillon

Peter Bröder erblickte Ende der 1990er-Jahre in einem kleinen Ort am Niederrhein – unweit der Grenze zu den Niederlanden – das Licht der Welt.

Seine Eltern führten dort einen recht großen Bauernhof, der sich bereits seit vielen Generationen im Besitz seiner väterlichen Vorfahren befand. Die Familie hatte sich schon seit Jahren auf die Milchwirtschaft spezialisiert. Im Durchschnitt standen 50 bis 60 Kühe in den Stallungen.

Genau wie für seinen Bruder war es auch für Peter immer klar, dass er auf dem Hof kräftig anpacken musste. Da er der Erstgeborene war, stand fest, dass er später einmal den Hof übernehmen sollte. Alle anfallenden Arbeiten, für die er ein rechtes Geschick zeigte, machten ihm viel Spaß, so dass er nie auf die Idee gekommen wäre, einen anderen Beruf zu ergreifen.

Schon in seiner Kindheit hatte Peter häufig Träume, die immer sehr ähnlich waren und ihn ein wenig beängstigten. In diesen Träumen sah er recht grausame Kriegshandlungen, Soldaten die sich gegenseitig auf das Heftigste bekämpften. Die Träume endeten stets damit, dass einer der Soldaten, der ihm irgendwie merkwürdig bekannt vorkam, von einem Granatsplitter getroffen wurde und verblutete. Je öfter er diesen Traum hatte, desto mehr gelangte er zu der Annahme, dass es sich bei dem getöteten Soldaten um ihn selbst handelte.

Als er einmal seinen Eltern davon erzählte, meinte sein Vater nur: »Du musst keine Angst haben, mein Junge! Träume sind Schäume!«

Als Peter dann so etwa zwölf Jahre alt geworden war, meldeten sich diese Träume nicht mehr.

Mittlerweile war er 22 Jahre. Nur noch höchst selten musste er an diese Träume aus Kindertagen denken.

Das änderte sich schlagartig, als er eines Tages im Fernsehen eine Dokumentation über die »dritte Flandernschlacht« innerhalb des 1. Weltkriegs, die vom 31. Juli 1917 bis zum 6. November 1917 währte, sah. Gezeigt wurden Bilder der Ortschaft Passendale in der belgischen Provinz Westflandern. Sofort beschlich ihn die Gewissheit: Das sind der Ort und die Kampfeshandlungen, die ich früher immer in meinen Träumen gesehen habe!

In der folgenden Nacht war der Traum wieder da. Allerdings war dieser jetzt nicht mehr so nebulös wie früher. Er sah ganz deutlich eine steinerne Brücke, an der sich das Gemetzel vor gut 100 Jahren zugetragen hatte, und auch den jungen französischen Soldaten, der durch einen Granatsplitter getötet wurde. Ihm war nun völlig klar, dass kein anderer als er selbst dieser Soldat war.

Am nächsten Morgen hatte er diesen Traum noch so lebhaft vor sich, wie wenn sich alles tatsächlich so ereignet hätte. Er war sich fast sicher, dass er auf dem Schlachtfeld gefallen war, wenngleich er sich das nicht erklären konnte. Als er darüber mit seinem Vater reden wollte, wies dieser ihn ab: »Blödsinn! Erzähle bloß niemandem davon! Die halten dich alle für verrückt!«

Peter konnte es aber nicht einfach ignorieren oder gar vergessen. So bat er seinen Bruder um ein Gespräch, in dem er ihm davon berichtete. Sein Bruder meinte: »Das hört sich ja sehr interessant an. Aber du weißt selbst, dass es unmöglich ist. Du kannst doch nicht schon einmal gelebt haben.«

Auch Peter war natürlich klar, dass er nicht vor rund 100 Jahren auf dem Schlachtfeld ums Leben gekommen sein könnte. Davon, dass die Menschen mehrmals auf der Erde leben, hatte er zwar schon gehört, aber so richtig daran glauben konnte er nicht.

So beschloss er, diese Träume und Ahnungen zu verdrängen.

Doch ein paar Tage später geschah das schier Unfassbare: Bei völliger Wachheit sah er so etwas wie einen Film vor seinem geistigen Auge. Es handelte sich um das gleiche Szenario, von dem er so oft geträumt hatte. Nur sah er jetzt alles noch viel, viel klarer und deutlicher. Er hatte nicht mehr den geringsten Zweifel daran, dass er dieser junge französische Soldat war, der von dem Granatsplitter getroffen wurde und verblutete. Er sah die Brücke, an der sich das Gemetzel abgespielt hatte, in allen

Einzelheiten. Die steinerne Brücke führte über einen schmalen Fluss. Er wusste, dass diese am Ortsrand von Passendale stand. Schließlich sah er noch etwas: Der Soldat nahm so eine Art Münze aus seiner Brusttasche, wickelte sie in ein Taschentuch und vergrub sie unmittelbar neben dem linken Brückenpfeiler. Er konnte sich nun auch in die Gedanken und Gefühle des jungen Soldaten hineinversetzen. Dieser wollte nicht, dass die Münze in die Hände der Deutschen fällt und dachte: »Falls ich den Krieg überleben sollte, kann ich sie später wieder ausgraben.«

Peter hatte jetzt kaum noch einen Zweifel daran, dass dieser Wachtraum etwas wiedergab, was er selbst ganz real erlebt hatte.

Am nächsten Tag suchte er seinen Freund Bruno auf, dessen Meinung ihm immer sehr wichtig war. Nachdem Peter seinem Freund alles berichtet hatte, meinte dieser: »Also, ich glaube schon an die Reinkarnation. Ich habe sehr viel über dieses Thema gelesen und häufig darüber nachgedacht. Das Einzige, was mich etwas zweifeln lässt, ist die Tatsache, dass du dann schon nach nicht einmal 90 Jahren wieder auf die Erde gekommen bist. Meistens ist der Abstand zwischen zwei Erdenleben deutlich länger. Da du allerdings damals als noch sehr junger französischer Soldat gestorben bist, wäre es aber keineswegs unmöglich. Ich glaube nicht, dass dir deine Phantasie einen Streich gespielt hat. Du musst diese Träume ernst nehmen.«

Nachdem beide eine Weile schwiegen, fuhr Bruno fort: »Ich habe eine Idee! Passendale ist ja nicht so weit von hier entfernt. Mit dem Auto sind es keine drei Stunden. Lass uns am Samstag hinfahren. Dann schauen wir, ob die Brücke noch da steht. Vielleicht finden wir sogar noch die Münze.«

Am nächsten Samstag fuhren die beiden Freunde gleich in der Früh los. Nachdem sie Passendale erreicht hatten, suchten sie nach dem ehemaligen Schlachtfeld. Das war aber nicht so einfach. Außer der Brücke hatte Peter keinen Anhaltspunkt. Und diese konnte schließlich schon längst abgerissen worden sein. So fuhren die beiden eine ganze Zeit lang eher ziellos kreuz und quer durch Passendale und die nähere Umgebung.

Dann kamen sie an einem lichten Waldgebiet vorbei. Peter sagte: »Halte bitte an, Bruno. Ich habe so ein sonderbares Gefühl. Ich glaube, hier muss es irgendwo gewesen sein.«

Die beiden Freunde stiegen aus und nahmen einen Klappspaten mit. Zu Fuß durchstreiften sie das Areal. Bruno meinte: »Du musst deinen Schutzengel bitten, dir behilflich zu sein. Bitte ihn, dich zu der richtigen Stelle zu führen.«

Peter schaute etwas ungläubig, tat aber, was sein Freund ihm geraten hatte.

Tatsächlich sahen sie schon nach ein paar Minuten von weitem so etwas wie eine Brücke, auf die sie eiligen Schrittes zustrebten. Als sie an der Brücke ankamen, war sich Peter ganz sicher: »Hier war es! Das ist die Brücke!«

Der kleine Fluss war mittlerweile ausgetrocknet. Aber das Flussbett war noch deutlich zu erkennen. Von der ehemaligen Brücke waren nur noch Überreste der zwei Pfeiler zu sehen.

Die beiden gingen zu dem linken Pfeiler und begannen zu graben. Schon nach kurzer Zeit stießen sie auf einen Stofffetzen. Peter nahm ihn und schaute nach. Er konnte es selbst nicht recht glauben. Darin befand sich so etwas wie eine silberne Münze.

Er säuberte die Münze ein wenig und schaute sie sich genau an. Es war keine Münze, sondern ein Medaillon. Auf der einen Seite war das Bildnis des heiligen Christophorus, der als einer der Schutzpatronen der Soldaten gilt, zu sehen. Auf der anderen Seite waren die Worte »Dieu te protège mon fils« eingeprägt, was im Deutschen bedeutet: »Gott beschütze dich, mein Sohn«.

Sofort erinnerte sich Peter – wie wenn es erst vor wenigen Wochen gewesen wäre –, dass seine Mutter, die er in seinem letzten Leben hatte, ihm dieses Schutzmedaillon geschenkt hatte, bevor er in den Krieg ziehen musste...

Der verborgene Diamant

s waren einmal zwei Schwestern, die mit ihrer Mutter in einer kleinen Hütte wohnten und recht arm waren.

An einem Herbsttag waren die beiden – wie so oft in dieser Jahreszeit – im Wald, um Pilze zu suchen. Da sahen sie plötzlich in der Ferne, dass ein Reiter auf sie zukam. Als dieser nahe genug herangekommen war, erkannten die Schwestern, dass es sich um den Prinzen, den einzigen Sohn des Königs, handelte.

Der Prinz befahl seinem Schimmel stehenzubleiben und stieg ab. Die Schwestern machten einen Knicks. Hildegard, die jüngere der beiden, war ganz nervös und stammelte: »Ich grüße euch, edler Prinz!« Der Prinz entgegnete: »Ich grüße euch auch. Was machen die beiden hübschen jungen Damen so ganz allein im Wald?« »Wir sammeln Pilze für das Abendbrot«, antwortete Gunhild, die ältere der Schwestern.

Als Hildegard bemerkte, dass der Prinz sehr traurig wirkte, meinte sie: »Edler Prinz, warum seid ihr so traurig?« Der Prinz war ganz gerührt, dass sie seine Traurigkeit spürte und sagte: »Ach weißt du, mein Vater hat angeordnet, dass ich in drei Monaten heiraten soll. Jeden Tag reite ich durchs ganze Land, um Ausschau nach einer Braut zu halten. Aber ich finde einfach keine Frau, die mir gefällt und der ich mein Herz schenken könnte.«

»Wie wäre es denn mit mir? Ich würde euch von der Stelle weg heiraten«, meinte Gunhild vorlaut. »Ja, ihr beiden gefallt mir schon sehr. Ihr seid wirklich hübsche und anständige junge Damen. – Also, vielleicht nehme ich wirklich eine von euch zur Gemahlin.«

»Auf wen von uns fällt eure Wahl?«, wollte Gunhild wissen. Wenngleich die Sympathie des Prinzen mehr Hildegard galt, wollte er beiden die gleiche Chance geben. So sprach er: »Diejenige von euch, die mir noch vor dem nächsten Vollmond den schöneren und größeren Diamanten bringt, werde ich zur Frau nehmen.« Dann verabschiedete er sich und ritt von dannen.

Gunhild und Hildegard waren ganz aufgeregt und konnten es einfach nicht fassen, dass eine von ihnen vielleicht die Frau des Prinzen werden könnte.

Wieder zu Hause angekommen erzählten sie alles ihrer Mutter. Dann meinte Hildegard: »Aber wo sollen wir einen Diamanten herbekommen? Ich weiß nicht einmal, ob man hier in der Gegend überhaupt einen finden könnte.« Ihre Mutter antwortete: »Ja, das ist wirklich ein Problem. Allerdings kenne ich vom Hörensagen einen Ort, wo es Diamanten geben soll. Es ist der einzige Ort im Umkreis von vielen Tausend Meilen.« »Erzähle weiter, Mutter!«, sagte Gunhild, die gar nicht abwarten konnte zu erfahren, wo dieser Ort wohl wäre. Die Mutter fuhr fort: »Es soll eine Höhle geben, in der sich wunderschöne Diamanten befinden. Diese soll gar nicht allzu weit von hier entfernt sein. Aber es ist äußerst gefährlich, die Höhle zu betreten. Es heißt, dass schon einige versucht haben, in sie einzudringen, um nach Diamanten zu suchen. Aber gefunden haben sie keinen einzigen. Erst nach Tagen sind sie völlig erschöpft, verunsichert und verängstigt zurückgekommen, weil sie sich in den Höhlengängen verirrt hatten. – Also, ich rate euch, von eurem Vorhaben Abstand zu nehmen. Es ist viel zu gefährlich!«

Doch die Schwestern ließen nicht locker und wollten von ihrer Mutter wissen, wo sie diese Höhle finden könnten. »Das weiß ich leider nicht. Aber es gibt eine alte Frau, die es euch sagen könnte.«

»Wer ist diese Frau, und wo wohnt sie?«

»Wenn ihr zur Quelle geht, an der ihr immer das Wasser schöpft, dann führt rechts ein schmaler Weg in den Wald hinein. Wenn ihr diesem Weg folgt, kommt ihr nach sieben Meilen an ein Häuschen. Dort lebt die alte Frau.«

Gleich nach Sonnenaufgang machten sich die beiden Schwestern, die sich von den Warnungen ihrer Mutter nicht abhalten ließen, auf den Weg. Nach knapp zwei Stunden kamen sie an dem Häuschen an. Die alte Frau bat sie hinein und sagte: »Seid mir gegrüßt! Ich habe schon seit Jahren keinen Besuch mehr gehabt. Was führt euch zu mir?«

Die Schwestern erzählten von ihrem Begehr und auch von den Warnungen ihrer Mutter.

»Ja, eure Mutter hat schon recht! Es ist sehr, sehr gefährlich, die Höhle zu betreten. Viele, die es schon versucht haben, haben es hinterher sehr bereut und werden es gewiss nie wieder versuchen.«

»Warst du schon einmal in der Höhle?«, wollte Hildegard wissen. »Ja, vor vielen, vielen Jahren. Ich habe sogar einen Diamanten gefunden. Heute brauche ich keinen mehr, weil ich alles habe, was ich benötige«, sprach die Alte.

»Warum ist es denn so gefährlich in der Höhle?«, fragte Hildegard. »Nun, man muss sich vorher gründlich vorbereiten. Die Besucher erwartet eine völlig andere Welt. Man muss wissen, was da auf einen alles zukommt und wie man sich zu verhalten hat. Nur dann kann einem nichts Schlimmes geschehen. Und wenn man ganz viel Glück hat, kann man sogar tatsächlich einen Diamanten finden.«

Gunhild wurde ungeduldig und sagte: »Papperlapapp! Wenn ich erst mal in der Höhle bin, werde ich schon sehen, wie es da so ist. Da werde ich schon klarkommen. Sage mir bitte endlich, wo sich diese Höhle befindet. Was meine Schwester macht, ist mir egal. Ich will jetzt endlich einen Diamanten suchen.« Die Alte zog die Augenbrauen hoch und meinte: »Gut, ich habe euch gewarnt! Aber du wolltest es nicht anders. Also, wenn du den Weg, auf dem ihr zu mir gekommen seid, noch drei Meilen fortsetzt, kommst du an eine kleine Lichtung. Am Ende der Lichtung stehen drei riesige Tannen. Zwischen der ersten und der zweiten befindet sich der Eingang. Wenn man es nicht weiß, kann man ihn leicht übersehen.«

Gunhild machte sich sofort auf den Weg.

Die Alte sagte: »Deine Schwester wollte nicht auf meinen Rat hören. Wenn sie so unvorbereitet in die Höhle geht, wird sie in dieser herumirren und nichts wahrnehmen können. Du bist vernünftiger. Wenn du möchtest, werde ich dich jetzt belehren, damit du eine Chance hast, einen Diamanten zu finden, um so die Frau des Prinzen zu werden.« »Ja, sehr gerne, liebe Frau!«

Die Alte legte los: »Sobald du den Einschlupf passiert hast, befindest du dich in einer Art Vorhöhle. Von dort gehen Wege in alle Richtungen, die sich später noch mehrfach verzweigen. Würdest du einfach einen beliebigen Weg wählen und dich durch die dunklen Gänge tasten, würdest du dich fast zwangsläufig verirren. Dieses Höhlenlabyrinth ist wirklich eine ganz andere und den Menschen unbekannte Welt. Es ist ganz wichtig, dass du zunächst einmal in der Vorhöhle verharrst. Dort ist es stockfinster, so dass du deine Hände nicht vor den Augen sehen kannst. Du musst Geduld haben. Du wirst gewisse Geräusche hören, die du nicht einordnen kannst. Dennoch gibt es keinen Grund, Angst zu haben. Wenn du dich lange genug in Geduld geübt hast, wirst du spüren, dass dich jemand anfasst oder zwickt. Das ist ein Kobold. Der ist so klein, dass er dir nicht einmal bis zum Knie reicht.

Wenn du ihm von deinem Wunsch erzählst und ihn darum bittest, wird er dir ein Lichtlein geben und dir den Weg durch das Labyrinth weisen. Allerdings wäre es gut, wenn du ihm als Geschenk eine schöne Blume mitbringen würdest. So etwas gibt es in seiner Welt nämlich nicht. Schließlich führt er dich in einen besonderen Höhlenraum. Es ist ein sehr großer Raum, in dem Diamanten und andere Edelsteine sind. Dort triffst du auf ein weiteres Wesen. Da in diesem Raum alles viel heller ist, kannst du auch ohne das Licht des Kobolds sehen. Dieses andere Wesen ist trotzdem nicht so leicht wahrzunehmen. Es ist noch kleiner als der Kobold und erscheint fast durchsichtig. Es ist eine Fee.«

»Wie geht es dann weiter?«, fragte Hildegard. »Die Fee wird dich nur fragend anschauen. Du musst ihr zunächst von deinem Wunsch berichten. Weiter geht es aber erst, wenn du den richtigen Spruch aufsagst. Dieser lautet: ›Liebe Fee, führe mich zu einem Diamanten! Lenke meine Schritte, richte meine Blicke!‹ Merke dir diesen Spruch gut!«

Hildegard hatte der Alten mit größter Aufmerksamkeit gelauscht und sich alles – insbesondere auch den Spruch – gemerkt. Sie bedankte sich herzlich und verließ die alte Frau.

Da sie Gunhild als ihrer älteren Schwester das Vorrecht, als erste nach dem Diamanten zu suchen, zugestand, ging sie nicht sogleich zur Höhle, sondern lief eilig nach Hause, wo sie alles ihrer Mutter berichtete.

Als Gunhild am nächsten Tag immer noch nicht zurückgekehrt war, machten sich Hildegard und ihre Mutter große Sorgen.

Zwei Tage später begab sich Hildegard auf den Weg zur Höhle. Sie hoffte, dort ihre vermisste Schwester – und natürlich einen schönen Diamanten – zu finden.

Mühelos fand sie gemäß der Beschreibung der Alten den Höhleneingang. In der Vorhöhle angekommen verharrte sie gemäß dem, was ihr geraten wurde, eine ganze Weile mit großer Geduld. Es war stockdunkel. Bis auf ein paar etwas sonderbare Geräusche war auch nichts zu hören.

Nach einer gefühlten Ewigkeit merkte sie, dass sie jemand am Bein zwickte. »Das muss der Kobold sein«, dachte sie. In der Tat war es ein kleines Männchen, das sie fragte: »Was ist dein Begehr, schönes Kind?«

»Der Prinz wird mich zur Frau nehmen, wenn ich ihm einen Diamanten bringe. Ich bin hier, um einen zu finden. Kannst du mir bitte helfen?« Dann überreichte sie ihm die Blume, die sie vorher noch gepflückt hatte. Der Kobold freute sich sehr darüber. Er betrachtete und bewunderte sie minutenlang. Dann zündete er eine kleine Laterne an und gab Hildegard mit einer Geste zu verstehen, dass sie ihm folgen solle. Durch das Laternenlicht konnte sie jetzt auch vieles sehen, was ihr zuvor verborgen war. Insbesondere hörte sie jetzt von überall her eine ganz leise wunderschöne Musik. Sie folgte dem Kobold durch etliche Gänge, bis sie in dem Raum, von dem die Alte sprach, ankamen. In diesem Raum war alles viel heller, so dass Hildegard schon das Glitzern einiger Edelsteine wahrnehmen konnte.

Dann erkannte sie die Fee, die wie von einem Windhauch getragen zu ihr huschte. Sie schaute Hildegard fragend an. Hildegard teilte ihr ihren Wunsch mit und bat sie, ihr zu helfen. Dann sagte sie den Spruch auf: »Liebe Fee, führe mich zu einem Diamanten! Lenke meine Schritte, richte meine Blicke!« Wie von Zauberhand geführt, ging Hildegard etwa 70 Schritte auf eine Wand zu. In den Ritzen und Spalten befanden sich die herrlichsten Diamanten. Hildegard wagte es gar nicht, einen herauszulösen und mitzunehmen. Die Fee merkte, dass Hildegard sich genierte und ermunterte sie mit einem freundlichen Kopfnicken.

Hildegard nahm einen besonders schönen Diamanten, steckte ihn ein und bedankte sich sehr herzlich bei der Fee. Sie hatte ein wenig die Befürchtung, dass sie nicht mehr aus der Höhle herausfinden könnte. Doch zu ihrer großen Beruhigung hatte der Kobold in der Nähe gewartet. Er begleitete sie bis zum Ausgang der Höhle. Bevor sie sich von ihm verabschieden wollte, kam ihr ihre Schwester in den Sinn. »Lieber Kobold, vor drei Tagen war meine Schwester hier in der Höhle, um auch nach einem Diamanten zu suchen. Sie ist bis heute noch nicht wieder heimgekehrt. Ich fürchte, sie hat sich verirrt. Unsere Mutter und ich machen uns große Sorgen. Weißt du vielleicht, ob sie hier noch irgendwo steckt?«

Der Kobold antwortete: »Es sind schon etliche ach so gescheite Menschen in unser Reich gekommen. Sie waren voller Gier nach glitzernden Steinen, die in ihrer Welt wohl sehr begehrt sind. Sie waren so arrogant, dass sie es nicht für nötig hielten, sich vorher mit den Bedingungen, die hier herrschen, vertraut zu machen. Die meisten haben sich verirrt und erst nach Tagen wieder den Weg nach draußen gefunden. Einige sind sogar verdurstet. Wir können ihnen nicht helfen, obwohl wir das gerne täten. Sie können das Licht, das wir spenden, nicht wahrnehmen. Es ist für sie einfach nicht vorhanden, und unsere Stimme können sie nicht hören. – Was deine Schwester angeht, kann ich dir sagen, dass sie vor drei Tagen hier angekommen ist. Also, es muss wohl deine Schwester gewesen sein, da hier ansonsten schon seit Jahren kein Mensch mehr erschienen ist. Sie wusste offensichtlich auch nicht, was sie hier erwartet und wie sie sich verhalten muss. Als ich sie in Empfang nehmen wollte, hat sie mich gar nicht bemerkt. Somit hat ihr auch mein Licht nichts genützt. Seitdem irrt sie in den Gängen umher.«

»Könntest du ihr vielleicht helfen, dass sie wieder rausfindet?« Der Kobold überlegte eine Weile. Dann sprach er: »Ich allein kann aus den geschilderten Gründen nichts machen. Aber du könntest ihr helfen. Dich kann sie zwar wegen der Dunkelheit, die sie umgibt, auch nicht sehen, aber sie kann dich hören.«

»Was genau kann ich machen?«

»Es gibt nur eine Möglichkeit: Du musst durch das Labyrinth gehen und so lange ihren Namen rufen, bis sie dich hört. Dann kannst du sie wieder in eure Welt führen. Ich gebe dir meine Laterne, damit du in den Gängen sehen kannst.«

»Und wie finde ich wieder den richtigen Weg zum Ausgang?«

»Das ist nicht so schwer. Ich gebe dir einen ganz langen Faden mit. Ich halte ihn an dem einen Ende fest und du spulst ihn immer mehr ab und ziehst in mit durch alle Wege, die du wählst. Wenn du deine Schwester gefunden hast, weist der abgespulte Faden dir den Rückweg. Ich werde auf dich warten.«

Gesagt, getan! Hildegard nahm die Laterne und die Rolle mit dem Faden und machte sich auf durch das Gewirr der Wege. Laut rief sie immer wieder nach ihrer Schwester, bis sie schon heiser wurde. Erst nach einigen Stunden vernahm sie voller Freude eine Antwort, die ganz unzweifelhaft von ihrer Schwester stammte. Hildegard ging auf die Stimme zu, bis sie Gunhild, die völlig erschöpft und verängstigt war, sah. Überglücklich nahmen sich die beiden in die Arme.

Der Rückweg war nun aufgrund des abgespulten Fadens, dessen Spur sie nur folgen mussten, ein Leichtes. Hildegard gab dem Kobold die Laterne zurück und bedankte sich von ganzem Herzen.

Gunhild verstand nicht, mit wem ihre Schwester sprach...

Ihre Mutter war sehr froh, als ihre beiden Töchter wieder nach Hause kamen und sehr stolz auf ihre jüngere Tochter. Da schon in zwei Tagen Vollmond war, eilte es jetzt. Gleich am nächsten Morgen machte sich Hildegard auf den langen Weg zum Schloss und überreichte dem Prinzen freudestrahlend den Diamanten.

»Das ist ja ein ganz außergewöhnlich herrlicher Stein, schönes Fräulein«, sagte der Prinz. »Ich bin froh, dass du ihn gefunden hast, da du mir besser gefällst als deine Schwester.«

Bereits sieben Wochen später feierten die beiden Hochzeit. Es war ein rauschendes Fest, von dem alle Gäste noch Jahre später erzählten.

Hildegard schenkte ihrem Gemahl vier Söhne und drei Töchter. Die beiden waren glücklich bis an ihr Lebensende...

Der Lehrer und der Bergmann

Bis weit ins 20. Jahrhundert hinein wurden die weitaus meisten Häuser und Wohnungen in den Städten noch mit Kohleöfen geheizt. Wenn der Winter nahte, bestellten sich die Menschen viele Säcke Kohle, die sie in ihren Kellern lagerten. An Wintertagen holten sie dann in Eimern so viel in ihre Wohnstuben, wie sie an diesem Tag brauchten.

Die Kohle wurde tief unter der Erde in Bergwerken abgebaut. Die Arbeiter, die dieser unglaublich harten Arbeit Tag für Tag nachgingen, waren die Bergleute oder Bergmänner. Diese genossen in manchen Kreisen keinen allzu guten Ruf. Es ist schwer zu beurteilen, was der Grund dafür gewesen sein mag. Möglicherweise lag es daran, dass man diesen Beruf ohne besondere Ausbildung ausüben konnte und dass viele Bergmänner ein wenig ungebildet waren oder zumindest als ungebildet galten.

Die meisten Bergwerke, die auch Zechen genannt wurden, gab es im Ruhrgebiet. In keiner anderen Region wurde mehr Kohle abgebaut.

In einer Stadt des Ruhrgebiets lebte in einer Bergarbeitersiedlung die Familie Zabel. Herr Zabel arbeitete seit Jahren im Bergwerk. Schon sein Vater war als Bergmann tätig. Herr und Frau Zabel hatten den großen Wunsch, dass ihr Sohn Hans-Peter später mal einen weniger gefährlichen und kräftezehrenden Beruf ergreifen sollte. Da ihr Sohn recht begabt war, schickten sie ihn mit zehn Jahren auf das örtliche Gymnasium.

In einer der ersten Unterrichtsstunden rief der Klassenlehrer alle Schüler in alphabetischer Reihenfolge auf und forderte sie auf, den Beruf ihres Vaters zu nennen, den er dann ins Klassenbuch neben den Namen und Adressen der Schüler notierte. Der Lehrer hörte vorwiegend Berufe wie Staatsanwalt, Arzt, Fabrikbesitzer, Offizier, Kaufmann, Künstler und dergleichen. Als Hans-Peter ziemlich zum Schluss an der Reihe war, sagte er mit gewissem Stolz: »Mein Vater übt einen der schwersten und wichtigsten Berufe aus; er ist Bergmann.« Viele seiner Klassenkameraden schauten ihn mit einem ganz merkwürdigen, fast mitleidigem Blick an. Der Lehrer zog die Augenbrauen hoch und sagte nur fast unhörbar: »Aha, Bergmann!« Hans-Peter verstand diese etwas seltsamen Reaktionen nicht.

Doch in den nächsten Monaten wurde ihm langsam so einiges klar. Er erkannte, dass einige Schüler, deren Väter besonders hochrangige Berufe hatten, bei manchen Lehrern ganz offensichtlich einen Bonus genossen. So wurden sie nicht so hart getadelt oder gar bestraft, wenn sie etwas ausgefressen hatten. Auch bekamen sie meistens für ihre Leistungen viel zu gute Zensuren. Als ein Mitschüler einmal im Biologieunterricht abgefragt wurde, wurde schnell deutlich, dass er nicht viel gelernt und somit nicht viele richtige Antworten geben konnte. Darauf sagte der Lehrer, ein gewisser Herr Brüsehaber: »Eigentlich müsste ich dir jetzt eine sehr schlechte Note geben. Aber das kann ich ja deinem Vater, dem Herrn Oberstaatsanwalt, nicht antun!«

Dieser Herr Brüsehaber war ein Lehrer, der sehr auf die gesellschaftliche Stellung der Eltern seiner Schüler bedacht war. Auch wenn er sich manchmal regelrecht beherrschen musste, hätte er einem Schüler, dessen Vater einen hochrangigen Beruf ausübte, niemals die Leviten gelesen. So richtete sich Herrn Brüsehabers ganzer Unmut gegen Hans-Peter, dessen Vater ja nur Bergmann war. Wann immer Hans-Peter einmal nicht ganz so gute Leistungen erbrachte, musste er sich Sprüche wie »Mehr kann man von einem Bergmannssohn auch nicht verlangen« oder »Du benimmst dich wie ein Bergmann« anhören.

Als Hans-Peter einmal wieder nicht den Erwartungen seines Lehrers entsprechen konnte, schrie Herr Brüsehaber: »Ein Sohn eines Bergmannes hat auf einem Gymnasium nichts verloren!«

Hans-Peter hatte solche Erlebnisse immer mit sich selbst auszumachen versucht. Diesmal war aber das Maß voll! Er erzählte es daheim seinen Eltern. Seine Mutter weinte; sein Vater sagte nach kurzer Überlegung ganz ruhig: »Mach dir keine Sorgen, mein Sohn! Ich werde mir etwas einfallen lassen.«

Kurze Zeit später stand der Winter vor der Tür. Die Menschen brauchten wieder Kohle. Herr Brüsehaber beauftragte seinen Händler, ihm wie jedes Jahr zwanzig Säcke zu liefern. Doch der Kohlenhändler sagte: »Für Sie habe ich dieses Jahr keine Kohle!« Herr Brüsehaber verstand nicht und wollte den Grund wissen. Doch er bekam keine Antwort. Dann wandte er sich an den nächsten der vier Händler, die es in der Stadt gab. Aber auch der wollte ihm keine Kohle verkaufen. Von jedem Händler, den Herr Brüsehaber ansprach, bekam er immer die gleiche Antwort: »Für Sie habe ich dieses Jahr keine Kohle!« Einen Grund erfuhr er nie.

Es kamen die ersten kalten Tage. Herr Brüsehaber und seine Frau froren in ihrer Wohnung. In der folgenden Woche kam der erste Frost. Die beiden froren jämmerlich, obwohl sie den ganzen Tag im Haus ihre Wintermäntel trugen oder sich in Wolldecken einhüllten. »So kann es nicht weitergehen, wir holen uns ja den Tod! Du musst dir unbedingt etwas einfallen lassen«, herrschte Frau Brüsehaber ihren Mann an.

Herr Brüsehaber hatte eine Idee, die es aber erforderte, über seinen Schatten zu springen. Er dachte: »Hans-Peters Vater ist doch Bergmann. Der kann mir sicher Kohle beschaffen.« So machte er sich auf den Weg in die Bergarbeitersiedlung, wo auch die Familie Zabel wohnte. Es kostete ihn große Überwindung anzuklopfen. Herr Zabel öffnete die Tür. Der Lehrer legte gleich ohne lange Vorrede los: »Mein Name ist Brüsehaber. Ich bin der Biologie-Lehrer Ihres Sohnes. Kein Händler will mir

25

dieses Jahr Kohle verkaufen, obwohl ich den doppelten, ja dreifachen Preis zahlen wollte. Meine Frau und ich frieren ganz entsetzlich. Meine Frau hat sogar schon eine heftige Erkältung. Bitte, lieber Herr Zabel, können Sie mir nicht einen oder zwei Säcke Kohle geben. Ich zahle auch jeden Preis!«

Herr Zabel hörte geduldig zu und sprach: »So, Sie zahlen also jeden Preis?« »Ja, jeden!«, sagte der Lehrer und zückte schon seine Geldbörse. Herr Zabel, der mit dem Besuch des Lehrers schon gerechnet und alles Nötige mit seinen Kumpeln und dem Steiger, seinem Chef, vorbereitet hatte, entgegnete mit ruhiger, sicherer Stimme: »Stecken Sie Ihre Geldbörse wieder ein. Der Preis schaut ganz anders aus. – Kommen Sie gleich Morgen früh um 6 Uhr zur Zeche. Wir treffen uns am Eingang zum Hauptschacht. Dann werden Sie einen ganzen Tag mit uns tief unter der Erde arbeiten und sich Ihre Kohle selbst abbauen. Wenn Sie das machen, wird Sie wieder jeder Händler gern beliefern.«

Herr Brüsehaber war erfreut und ahnte natürlich noch nicht, was das wirklich bedeutete. Er willigte ein: »Ja, gerne! Wir treffen uns also Morgen um 6 Uhr!«

Der Lehrer meldete sich in der Schule unter einem Vorwand ab und erschien um Punkt 6 Uhr an dem vereinbarten Treffpunkt. Herr Zabel und einige Kumpel erwarteten ihn schon. »Guten Morgen, Herr Brüsehaber«, sagte Herr Zabel. »Sie können sich hier nebenan in der Kaue umziehen. Arbeitskleidung und Helm liegen für Sie bereit.«

Der Lehrer tat, wie ihm geheißen und harrte der Dinge, die da kommen sollten. Die richtigen und der falsche Bergmann bestiegen den Förderkorb, so eine Art großer Fahrstuhl, der sie auf die siebte Sohle, die etwa 800 Meter unter der Erde lag, beförderte. Während der Fahrt, die einige Minuten dauerte, zeigte sich Herr Brüsehaber über die Fröhlichkeit der Kumpel und den guten Umgangston, den sie pflegten, sehr angenehm überrascht.

Am Arbeitsplatz angekommen gab ein Kumpel dem Lehrer einen schweren Vorschlaghammer in die Hand und zeigte ihm, wie man die Kohle aus der Wand herausbricht. Herr Brüsehaber, der gewiss nicht gerade eine schwächliche Natur war, hatte Mühe, den schweren Hammer auch nur zu halten. Obwohl er sich sehr bemühte, gelang es ihm nicht, auch nur ein wenig Kohle zu gewinnen. Schweißgebadet und völlig fertig sank er nach etwa einer Stunde nieder und jammerte: »Ich kann nicht mehr!«

»So kommen Sie aber nie an Ihre Kohle«, sprach Herr Zabel. »Haben Sie nicht eine andere Arbeit für mich?«, fragte der Lehrer, der sich mittlerweile wieder ein wenig erholt hatte, fast flehend. Ein Kumpel meinte an Herrn Zabel gerichtet: »Er kann ja die Kohle, die wir abgebaut haben, auf die Loren schaufeln.« Herr Zabel fand den Vorschlag gut, gab dem Lehrer eine große Schaufel und zeigte ihm, was er zu tun hatte. Herr Brüsehaber machte, was ihm gesagt wurde.

Zumindest technisch war es keine Herausforderung, die kleinen Waggons mit Kohle zu beladen. Aber es war anstrengend, ganz unfassbar anstrengend. Schon nach einer knappen Stunde tat ihm alles weh, und seine Kräfte schienen ihn endgültig zu verlassen. Die Kumpels feuerten ihn immer wieder an weiterzumachen. So quälte sich der Lehrer durch die 8-Stunden-Schicht. Kurz vor Schichtende löste sich eine Gesteinslawine aus der Wand, die zwei der Kumpel leicht verletzte. Herr Brüsehaber verspürte Todesängste.

Als die richtigen und der falsche Bergmann nach Schichtende wieder ans Tageslicht kamen, sich geduscht und umgezogen hatten, war der Lehrer fix und fertig. Er spürte seine Knochen nicht mehr; er konnte sich kaum noch auf den Beinen halten. Herr Zabel klopfte ihm anerkennend auf die Schultern und sprach: »Sie haben sich ja ganz wacker geschlagen! Aber jetzt haben Sie einmal am eigenen Leib erfahren, wie hart und unter welch gefährlichen Bedingungen manche Menschen arbeiten müssen, damit andere sich den Hintern wärmen können!«

Der Lehrer war ganz still. Dann sah er die vier Kohlenhändler, die ihn kürzlich noch abgewiesen hatten, auf ihn zukommen. Jeder hatte einen Sack mit Kohle dabei. »Die Kohle haben Sie sich heute redlich verdient. Wir werden sie Ihnen gleich in Ihren Keller tragen«, sagte einer von ihnen.

Von diesem Tage an war Herr Brüsehaber wie ausgewechselt. Nie wieder kam eine abwertende Bemerkung über Bergleute über seine Lippen. Auch Hans-Peter wurde von ihm jetzt genauso freundlich und gerecht behandelt wie alle anderen Schüler.

Ehrlich währt am längsten

Die Zwillingsbrüder Tom und Jonas gingen zusammen in die siebte Klasse einer Hauptschule im Essener Norden. Die beiden Dreizehnjährigen waren nicht nur Geschwister, sondern auch beste Freunde und einfach unzertrennlich.

Nach der Schule machten sie gemeinsam ihre Hausaufgaben und gingen anschließend ihren Interessen nach. Zweimal in der Woche stand das Training bei ihrem Fußballverein auf dem Programm, an dem sie stets mit großem Engagement teilnahmen. Am Wochenende fand meistens ein Spiel gegen eine andere Mannschaft statt.

Ansonsten strolchten sie gerne in der Gegend umher und sprachen über Gott und die Welt, aber auch über ihre Wünsche und Träume.

Da ihr Vater schon seit geraumer Zeit arbeitslos war, hatten die Eltern nicht viel Geld, so dass sie ihren Söhnen nicht viel bieten konnten. Eigentlich waren Tom und Jonas sehr bescheiden. Dennoch hatten sie zwei Herzenswünsche: Zum einen hätten sie endlich mal ein paar gescheite Fußballschuhe, zum anderen wünschten sie sich sehr ein Fahrrad, um nicht immer zu Fuß zur Schule und zum Fußballtraining gehen zu müssen.

Jeden Euro, den sie bekamen, legten sie auf die Seite, um sich eines Tages diese Wünsche erfüllen zu können. Für die älteren Leute aus der Nachbarschaft übernahmen sie regelmäßig die Einkäufe, wofür sie meistens 50 Cent oder einen Euro erhielten. Aber das Geld reichte noch lange nicht für neue Schuhe, geschweige denn für zwei Fahrräder.

Oftmals gingen die Brüder nachmittags in die Innenstadt und schauten sich in den Fahrradgeschäften und Sportläden die Objekte ihrer Begierden an. »Wenn wir weiterhin so sparsam sind, wird schon bald das Geld reichen, um zumindest neue Fußballschuhe kaufen zu können«, ermutigten sie sich immer wieder.

Als sie eines Tages wieder einmal in der Stadt umherschlenderten, sahen sie unter einer Bank eine Geldbörse liegen. Zunächst vergewisserten sie sich, dass sie von niemandem beobachtet wurden, dann griffen sie die Geldbörse, steckten sie ein und gingen in einen nahe gelegenen Park. Dort setzten sie sich auf eine Bank. Weit und breit war kein Mensch zu sehen. Vorsichtig öffneten sie die Geldbörse und waren baff erstaunt! Darin befanden sich etliche Geldscheine, wie sie schon auf den ersten Blick erkennen konnten.

»Lass uns das Geld zählen!«, meinte Tom. Die beiden konnten es nicht glauben: In dem Portemonnaie befanden sich mehr als 700 Euro. »Das Geld reicht zusammen mit dem bereits Ersparten locker für zwei Paar Schuhe und zwei Fahrräder«, sagte Jonas. »Ich kann unser Glück noch gar nicht fassen«, entgegnete Tom.

Dann schauten sie nach, was sonst noch so alles in der Geldbörse war. Sie fanden den Personalausweis der rechtmäßigen Besitzerin und ein kleines goldenes Medaillon. Auf der einen Seite des Medaillons war ein Bildnis der Gottesmutter zu sehen, auf der anderen war »Schütze Dich!« eingeprägt. »Vielleicht ist dieses Medaillon auch noch sehr wertvoll! Möglicherweise können wir es irgendwo verkaufen«, meinte Tom. Jonas nickte und steckte die Geldbörse ein.

Die beiden machten sich auf den Heimweg. Unterwegs malten sie sich schon aus, welche Fußballschuhe und welche Fahrräder sie sich bald kaufen könnten.

Nach etwa einer halben Stunde und einer kurzen Zeit des Schweigens sagte Jonas: »Irgendwie habe ich ein schlechtes Gewissen, wenn wir den Fund behalten. Vielleicht ist die Frau ja nicht reich, vielleicht benötigt sie das Geld noch dringender als wir. Möglicherweise ist sie schon ganz verzweifelt.« Tom sagte zunächst nichts. Dann meinte er: »Ich fürchte, du hast recht. Mir ist auch nicht ganz wohl bei der Sache.« Die beiden beschlossen, mit ihren Eltern darüber zu sprechen.

Zu Hause angekommen berichteten die Brüder ihren Eltern von ihrem Fund und zeigten das Portemonnaie vor. Sie erhofften sich von ihren Eltern einen Rat.

Ihr Vater, der wie an nahezu jedem Abend nicht mehr ganz nüchtern war, meinte: »Ihr seid ja richtige Glückspilze! Das Geld teilen wir uns. Die Geldbörse könnt ihr dann irgendwo entsorgen.« Dann schaute er wieder in die Glotze. Etwas fragend schauten die beiden ihre Mutter an. »Bist du der gleichen Meinung?«, wollten sie wissen. »Nun, euer Vater hat schon recht. Das Geld könnten wir gut brauchen. Wenn jemand so viel Geld mit sich rumschleppt, wird er gewiss nicht arm sein. Also die Frau kann es sicherlich entbehren. Ich schlage vor, dass wir 500 Euro behalten. Das wäre ein angemessener Finderlohn. Aber natürlich dürft ihr die Geldbörse mit dem restlichen Geld, dem Ausweis und dem Medaillon nicht einfach wegwerfen. Vielleicht hängt die Frau sehr an ihrem Portemonnaie, das ja nicht gerade billig gewesen zu sein scheint. Das könnt ihr anonym der Frau zuschicken. Ihre Adresse steht ja in ihrem Personalausweis«, gab sie zur Antwort, um sogleich fortzufahren: »Ihr dürft auf gar keinen Fall jemandem davon erzählen.«

Tom und Jonas fanden den Vorschlag ihrer Mutter annehmbar.

Am nächsten Morgen fragte ihre Mutter sie am Frühstückstisch: »Na, habt ihr euch schon entschieden, ob ihr meinen Vorschlag annehmen wollt?«

»Noch nicht so richtig«, meinte Tom. »Es ist euer Fund und eure Entscheidung«, erwiderte die Mutter.

Die Brüder waren immer noch hin und hergerissen. Selbst wenn sie von den einbehaltenen 500 Euro ihren Eltern etwas abgeben müssten, würde das Geld zumindest noch locker für neue Fußball-schuhe reichen, dachten sie. Andererseits tat ihnen die Frau schon ein wenig leid.

Unmittelbar nachdem die beiden am Nachmittag ihre Hausaufgaben erledigt hatten, meinte Jonas: »Komm, lass uns zu der Frau fahren und ihr alles zurückgeben!« Tom stimmte zu. Mit der Straßen-bahn machten sie sich sogleich auf den Weg.

Als sie an dem Haus, in dem die Frau wohnte, angekommen waren, erkannten sie sofort, dass dort keine armen Leute wohnten. Es war eine prächtige Villa, und vor der Garage standen zwei dicke Li-mousinen und ein Sportauto.

Tom sagte: »Schau dir das mal an! Die hat das Geld gewiss nicht nötig! Lass es uns aus der Geld-börse nehmen und diese in den Briefkasten wer-fen!«

»Nein, ich will das Geld nicht! Es gehört uns nicht!«, entgegnete Jonas. Tom stimmte schließlich etwas missmutig zu. Dann klingelten sie.

Die Frau öffnete die Tür und erkannte sofort ihre Geldbörse. »Wir haben Ihre Geldbörse unter einer Bank in der Stadt gefunden und möchten sie Ihnen zurückgeben«, sagte Jonas. Die Frau war ganz auf-gelöst, schaute ins Portemonnaie und nahm das Medaillon heraus. Unter Tränen sagte sie: »Ihr könnt euch gar nicht vorstellen, wie glücklich ich bin, mein Medaillon wiederzuhaben. Das Geld ist mir nicht wichtig. Aber dieses Medaillon ist für mich unersetzlich. Es hat zwar keinen großen materiellen, aber für mich einen immens hohen ideellen Wert. Meine geliebte Großmutter hat es mir vor vielen Jahren, als ich etwa in eurem Alter war, geschenkt. Sie hat mir gesagt, dass ich es immer bei mir tragen solle und dass es mich beschützen werde. Ich kann euch gar nicht sagen, wie sehr ich mich freue, es wieder zu haben. Ihr seid ja so ehrliche Jungs, wie man sie heute nur noch selten findet.«

Die Frau bat die beiden Brüder herein. Bei Kakao und Kuchen plauderten die Drei ein wenig.

Nach einer Weile sagte Jonas: »Wir wollen ganz aufrichtig zu Ihnen sein. Geraume Zeit haben wir mit dem Gedanken gespielt, 500 Euro zu behalten und Ihnen nur den Rest anonym zuzuschicken. Schon seit langem sparen wir für neue Fußballschuhe und zwei Fahrräder. Da hätten wir das Geld gut gebrauchen können.«

Die Frau nahm die beiden in den Arm und sagte: »Ich finde eure Ehrlichkeit herzerfrischend. Wisst ihr was, die 500 Euro schenke ich euch. Wir haben genug Geld, da spielt euer Finderlohn keine Rolle. Hauptsache ich habe mein Medaillon wieder. – Und jetzt kommt mal mit in den Keller.«

Neugierig folgten Tom und Jonas der Frau in den Keller, der so sauber und aufgeräumt wie eine

Wohnstube war. An einer Wand standen und hangen über ein halbes Dutzend Fahrräder.

»Schaut mal her!«, sagte die Frau. »Diese Räder gehören meinen zwei Söhnen, die schon lange aus dem Haus sind. Sie brauchen die gewiss nicht mehr. Sucht euch jeweils eines aus!«
Die Brüder glaubten zu träumen. Die Fahrräder waren zum Teil noch wie neu und viel schöner als die, welche sie sich irgendwann kaufen wollten. »Das können wir doch nicht annehmen«, sagte Jonas. Doch die Frau ermunterte sie zuzugreifen. »Ihr könnt euch ruhig die schönsten aussuchen!« Beide entschieden sich für ein Mountainbike.

Beim Verabschieden nahm die Frau die Brüder noch einmal in den Arm und bedankte sich erneut sehr überschwänglich dafür, dass sie ihr das Medaillon zurückgegeben hatten.
Tom und Jonas machten sich mit ihren neuen Rädern auf den Heimweg.

Jetzt hatten sie endlich zwei Fahrräder, die noch toller waren als die, von denen sie immer träumten, am nächsten Tag könnten sie sich neue Fußballschuhe kaufen – und sie hatten ein reines Gewissen!

Die erfüllte Prophezeiung

Heinz Oster lebte als junger Mann ganz zu Beginn des 20. Jahrhunderts in einem Städtchen unweit der französischen Grenze. Seinen Lebensunterhalt verdiente er als Verkäufer in einem kleinen Schuhgeschäft. Er war ein äußerst freundlicher und überaus höflicher Zeitgenosse, der bei allen, die mit ihm zu tun hatten, sehr beliebt war. Er zeigte für vieles, was das Leben zu bieten hatte, reges Interesse.

Eines Nachts wurde er jäh aus dem Schlaf gerissen. Schweißgebadet und nach Luft ringend setzte er sich in seinem Bett auf. Langsam dämmerte ihm, was geschehen war. Er hatte einen fürchterlichen Alptraum. Er träumte, dass er einen Mann, der ihm im Traum so groß wie ein Riese erschien, erschossen hätte. Das viele Blut, das er im Traum sah, und der Knall der Schusswaffe, der noch regelrecht in seinen Ohren dröhnte, machten ihm schwer zu schaffen. Es dauerte etwa eine halbe Stunde, bis er sich wieder einigermaßen fassen konnte. Es schien Herrn Oster unvorstellbar, dass ausgerechnet er, der keiner Fliege etwas zuleide tun konnte, einen anderen Menschen töten sollte. Dann versuchte er sich zu beruhigen: »Gott sei Dank war es ja nur ein Traum! Und Träume sind bekanntlich Schäume!« So schlief er denn wieder ein.

Aber auch an den folgenden Tagen musste er noch häufig an diesen furchtbaren Traum denken.

Etwa zwei Jahre später schlenderte Herr Oster mit einem Freund über einen Jahrmarkt. An seinen Traum dachte er schon lange nicht mehr. Dann fiel sein Blick auf eine Frau mittleren Alters mit langen schwarzen Haaren und großen goldenen Ohrringen. Sie saß vor einem kleinen Zelt, an dem auf einem Schild zu lesen war: »Ich sage Ihnen die Zukunft voraus.« »Aha, eine Wahrsagerin«, dachte er. Die Frau schaute ihn ganz intensiv an, als wollte sie ihn auffordern, zu ihr zu kommen. Herr Oster hielt nichts von Wahrsagerei. Als frommen Katholiken war das für ihn Teufelswerk. Doch irgendwie konnte er der Versuchung nicht widerstehen. Er ging auf die Frau zu. Sie bat ihn, sie ins Zelt zu begleiten. Dort nahmen die beiden an einem kleinen Tisch Platz. Die Wahrsagerin forderte ihn auf, ihr seine rechte Handfläche vorzuzeigen. Dann begann sie, aus der Hand zu lesen. Zunächst prophezeite sie ihm einige eher banale Dinge. So sagte sie: »Sie werden in Ihrem Beruf sehr erfolgreich sein und in vielen Jahren das Geschäft, in dem Sie heute arbeiten, übernehmen. Sie werden – wie es scheint – nie heiraten und auch keine Kinder haben.« Herr Oster hörte ihre Voraussagen geduldig und fast gelangweilt, ohne ihnen eine große Bedeutung beizumessen.

Plötzlich hielt die Wahrsagerin inne. Sie schien erschrocken und überlegte, ob sie das, was sie nun zu sehen glaubte, überhaupt preisgeben sollte. Da Herr Oster das bemerkte, sagte er fordernd: »Nun sagen Sie schon! Machen Sie weiter!« Die Wahrsagerin sprach mit leiser Stimme und etwas zögerlich: »Nun, was ich jetzt noch sehe, ist sehr, sehr unangenehm. Aber Sie wollen es ja hören. Also gut, Sie werden in einigen Jahren einen Mann töten – mit einer Schusswaffe!« Herr Oster erschrak. Sofort kam die Erinnerung an den längst vergessenen Traum wieder hoch. Er fasste sich und fragte: »Was ist das für ein Mann? Kenne ich ihn? Und warum sollte ich ihn töten? Ich habe ja nicht einmal eine Waffe!« Die Wahrsagerin studierte ganz konzentriert seine Handlinien und warf zur Absicherung ihrer Prophezeiung noch einen langen Blick in ihre Kristallkugel. Dann sprach sie: »Nein, den Mann kennen Sie nicht. Auch kann ich Ihnen nicht sagen, warum Sie ihn töten.« Herr Oster legte nach: »Können Sie denn vielleicht sehen, wer dieser Mann ist oder sein könnte?« »Das ist nicht ganz einfach. Sicher ist, dass der Mann kein Deutscher ist. Er wohnt aber nicht weit von hier, direkt hinter der Grenze in einer kleinen Ortschaft. Dort arbeitet er in einem kleinen Betrieb. Er stellt Waren aus Leder her. Es könnten Taschen oder aber auch Schuhe sein. Ich glaube, dass der Mann noch sehr jung und sehr, sehr groß und kräftig ist«, orakelte die Wahrsagerin.

Sofort fiel Herrn Oster wieder ein, dass er in seinem Alptraum den Eindruck hatte, einen Riesen getötet zu haben. Er war von dem, was die Wahrsagerin ihm sagte, tief beeindruckt und entsetzt zugleich. Er gab der Wahrsagerin dankend 2 Mark und verabschiedete sich von ihr. Seinem Freund, der vor dem Zelt auf ihn gewartet hatte, sagte er nur: »Die hat mir nur Humbug erzählt. Das Geld hätte ich mir sparen können!«

An den nächsten Tagen musste Herr Oster andauernd an das, was ihm sowohl in seinem Traum als auch von der Wahrsagerin prophezeit wurde, denken. Es wurde ihm zu einer schier unerträglichen Vorstellung, dass sein Traum und die Worte der Wahrsagerin womöglich eines Tages Wirklichkeit werden könnten. Nachdem er wochenlang gegrübelt hatte, fasste er schließlich einen Entschluss: »Ich muss den Mann finden, ich muss ihn kennenlernen. Vielleicht ist er mir ja sympathisch, so dass wir uns anfreunden können, und einen Freund werde ich gewiss nicht töten!«

Aufgrund der Aussagen der Wahrsagerin wusste er ja in etwa, wo der Mann wohnt und was er von Beruf ist. Hinter der Grenze gab es auf französischem Gebiet im Grunde nur drei Dörfer, die in Frage kamen. Herr Oster machte sich auf den Weg in die erste in Betracht kommende Ortschaft. Wie die meisten Grenzbewohner konnte er sich in der französischen Sprache einigermaßen verständigen. Gleich dem ersten Mann, dem er begegnete, stellte er die Frage: »Ich bin auf der Suche nach einem Betrieb, in dem Produkte aus Leder hergestellt werden. Können Sie mir einen Tipp geben?« »Hier werden Sie keinen solchen finden. Aber gleich im Nachbardorf gibt es eine alte Schusterwerkstatt. Sie gehört dem alten Lemaire und seinem Sohn«, entgegnete der Gefragte. Herr Oster bedankte sich und machte sich sogleich in das besagte Nachbardorf auf.

Er musste gar nicht lange suchen. Schon am Ortseingang sah er ein altes Haus, in dem ganz offensichtlich das Schusterhandwerk betrieben wurde. Er ging hinein – und war wie vom Blitz getroffen! Ein unfassbar groß gewachsener, kräftiger junger Mann, der vielleicht ein paar Jahre älter war als er, stand in der Werkstatt und fragte freundlich: »Bon jour, was kann ich für Sie tun?« Herrn Oster fiel es schwer, seine Fassung wieder zu finden. Ihm war sonnenklar, dass es sich bei diesem bestimmt fast zwei Meter großen Mann um den aus seinem Traum handelte. Stammelnd versuchte er den Anschein zu erwecken, als wollte er seine Schuhe neu besohlen lassen. Der Mann, der sich jetzt als Pierre Lemaire vorstellte, merkte, dass die Sohlen seiner Schuhe noch nicht reparaturbedürftig waren und dass der Kunde eigentlich kein Kunde war, sondern etwas auf dem Herzen hatte. Herr Oster sagte, dass er ihn unbedingt in Ruhe sprechen müsse. Monsieur Lemaire, der zum Glück sehr gut Deutsch sprach, meinte: »Kein Problem! Gerne! Ich habe jetzt etwas Zeit und bin schon sehr gespannt!«

Die beiden hockten sich in einen Nebenraum und tranken ein Gläschen Rotwein. Dann erzählte Herr Oster die ganze Geschichte – ohne auch nur ein Detail auszulassen. Der Schuster hörte interessiert zu. »Das ist ja ganz unglaublich! Aber – um ehrlich zu sein – ich glaube weder an prophetische Träume noch an Wahrsagerei! Und außerdem, warum sollten Sie mich erschießen?«, sagte er.

Herr Oster und Monsieur Lemaire waren sich vom ersten Augenblick an sympathisch. So beschlossen sie, sich am Abend in einem nahe gelegenen Bistro zu treffen. Hier saßen sie viele Stunden beieinander. An den eigentlichen Grund des Besuches dachten sie schon bald nicht mehr. Sie redeten über Gott und die Welt und freundeten sich ein wenig miteinander an.

Auch in den nächsten Monaten und Jahren trafen sich die beiden immer wieder. Längst waren sie dicke Freunde geworden. Auch nachdem Monsieur Lemaire geheiratet hatte, brach der Kontakt nicht ab. Ganz im Gegenteil – auch Madame Lemaire und Herr Oster mochten sich.

Nur noch äußerst selten musste Herr Oster an seinen Alptraum und die Prophezeiung der Wahrsagerin auf dem Jahrmarkt denken. Wenn diese Erinnerung dann wirklich einmal hochkam, so dachte er sich: »Ich bin der Prophezeiung zuvorgekommen. Der Mann ist jetzt ein guter, ja sogar mein bester Freund. Und einen Freund erschießt man ja wohl nicht!«

Die Zeit verging. Dann kam das Jahr 1914. Der Erste Weltkrieg begann. Nun wurde es nicht mehr so einfach, die Grenze zu überschreiten. Schließlich waren Deutschland und Frankreich jetzt Kriegsgegner. Herr Oster und Monsieur Lemaire konnten sich jetzt nur noch höchst selten sehen. Sie schrieben sich allerdings hin und wieder Briefe. Ihre Freundschaft litt nicht wirklich darunter, dass ihre Heimatländer sich jetzt bekriegten.

Ende des Jahres 1915 kam der Krieg bei Herrn Oster so richtig an. Er musste als Soldat einrücken. Zu seiner Beruhigung kam er, der sehr fromm und friedliebend war, nicht zu einer kämpfenden Einheit. Er wurde einem Sanitätstrupp zugeteilt. Auch wenn er eine Waffe tragen musste, hatte er mit Kampfhandlungen nicht unmittelbar zu tun. Als Hilfssanitäter musste er bei der Versorgung der verwundeten Kameraden helfen.

Im Frühjahr des Jahres 1916 wurde seine Einheit in die Gegend von Verdun abkommandiert. Hier tobte eine der heftigsten und grausamsten Schlachten des gesamten Ersten Weltkrieges. Herr Oster und seine Kameraden des Sanitätstrupps stellten hier notdürftig ein Zelt auf, das zur Unterbringung der kranken und verwundeten deutschen Soldaten diente. Herr Oster kümmerte sich Tag und Nacht um die Kameraden, die in diesem notdürftigen Lazarett lagen.

Eines Nachts musste Herr Oster Wache halten. Mit seinem Gewehr bewaffnet bezog er vor dem Lazarett Stellung und beobachtete die Umgebung. Kurz vor der Wachablösung sah er im dämmerigen Morgenlicht, wie ein Feind sich vorsichtig an das Zelt heranpirschte. Er hielt eine Handgranate in der Hand, die er gerade zünden wollte, um sie auf das Lazarett, in dem er feindliche deutsche Soldaten wähnte, zu werfen.

Herr Oster hatte keine andere Wahl. Er feuerte einen Schuss auf den Feind ab, der blutüberströmt zusammenbrach und am Boden liegen blieb. Herr Oster war ganz aufgewühlt. Aber er wusste, dass er wohl das Richtige getan hatte.

Dann schaute er nach, ob der Angreifer tot war oder ob man ihn noch retten konnte. Er nahm ihm den Helm ab und war erschüttert! Es war sein Freund Pierre Lemaire. Sein Freund war tot!

Die verlogene Trauerrede

K onrad Heinzmann leitete seit Jahrzehnten eine Kleiderfabrik im Westfälischen. Er war nicht gerade das, was man einen guten, fürsorglichen und sympathischen Menschen nennen könnte.

Er war ein sehr strenger Chef, ein Patriarch alter Schule. Vorschläge und Ideen seiner Mitarbeiter, die nicht mit den seinigen übereinstimmten, wies er stets schroff ab. Er zahlte seinen Angestellten gerade einmal den Mindestlohn. Nie wäre es ihm in den Sinn gekommen, einen Mitarbeiter zu loben, selbst wenn dieser ganz hervorragende Leistungen erbracht hatte. Auch hatte Herr Heinzmann nie Skrupel, einen seiner Angestellten auf die Straße zu setzen, wenn er seinen Erwartungen nicht ganz entsprach. Da scherte es ihn auch nicht, wenn dieser Frau und Kinder zu versorgen hatte.

Auch als Ehemann und Vater taugte er nicht als Vorbild. Seine Frau konnte ihm nie etwas recht machen. Immer wieder fand er einen Anlass, um an ihr rumzunörgeln. Seine zwei Söhne bekamen ihn selten zu Gesicht. Er glaubte wichtigeres zu tun zu haben, als sich um sie zu kümmern. Wenn er dann doch einmal mit ihnen zusammen war, so hatte er selten etwas besseres zu tun, als sie zu tadeln oder gar zu beschimpfen.

Obwohl er nicht gerade ein tiefgläubiger Mensch war, besuchte er doch recht häufig den Gottesdienst in der Kirche seiner Heimatstadt. Er wollte nach außen als ordentlicher und anständiger Mensch gelten. Dem Pfarrer übergab er des Öfteren kleine und durchaus auch einmal größere Geldspenden, um sich bei ihm ins rechte Licht zu setzen. Auch glaubte er wohl, sich dadurch vielleicht sein Seelenheil erkaufen zu können.

Im Alter von 62 Jahren wurde Herr Heinzmann schwer krank. Sein Arzt konnte ihm keine Hoffnung machen, dass er mit einer Genesung rechnen könnte. Er musste seine Position in der Fabrik seinem Stellvertreter übertragen.

Schon bald konnte Herr Heinzmann sein Krankenlager nicht mehr verlassen.

Er hatte jetzt viel Zeit, über sich und sein Leben nachzudenken. Je mehr Tage und Wochen verstrichen, desto klarer wurde ihm, dass er eigentlich ein recht widerlicher und unausstehlicher Kerl war. Er bereute sein zum Teil höchst abscheuliches Verhalten zutiefst. Aber er sah jetzt keine Möglichkeit mehr, etwas zu ändern, etwas gutzumachen. Dazu waren seine Lebenskräfte viel zu schwach.

Knapp zwei Jahre später starb Herr Heinzmann. Zu Lebzeiten hatte er durchaus daran geglaubt, dass es ein Leben nach dem Tod gebe, wenngleich er sich da keine großen Gedanken darüber gemacht hatte.

Daher konnte er jetzt, kurz nachdem er in der anderen Welt war, zumindest durchaus erkennen, dass es ihn noch gab, dass er noch existierte.

Dennoch dauerte es Tage, bis er sich hier einigermaßen zurechtfand. Es traten jetzt immer mehr andere Verstorbene und auch Engelwesen an ihn heran. Einige der verstorbenen Menschen erkannte er, die meisten nicht.

Einer von ihnen fragte Herrn Heinzmann: »Hallo! Wer bist denn du?« »Was hast du im Leben gemacht? Was für ein Mensch warst du?«, wollte ein anderer wissen. Herr Heinzmann wusste nicht so recht, was er antworten sollte, zumal es ihm unangenehm war, zugeben zu müssen, was für ein schlechter Mensch er gewesen war.

Dann kam ihm eine Idee. Er hatte mitbekommen, dass sein Leichnam seinem Wunsch entsprechend eingeäschert wurde und dass die Trauerfeier mit anschließender Urnenbeisetzung in zwei Tagen stattfinden sollte. Da er recht häufig in der Kirche war, wusste er, dass der Pfarrer immer eine Trauerrede hält, in der er über das Leben des Verstorbenen, seine Leistungen, seine Verdienste, usw. spricht.

So sagte er denn: »In zwei Tagen findet auf der Erde die Trauerfeier für mich statt. Da wird der Pfarrer in seiner Trauerrede alles über mich berichten, was wissenswert ist. Hört euch diese Rede an. Dann könnt ihr Antworten auf eure Fragen finden. Dann werdet ihr auch erfahren, dass ich alles andere als ein guter Kerl war, leider!«

Die anderen Verstorbenen fanden diesen Vorschlag gut, und man beschloss, sich in zwei Tagen die Trauerrede gemeinsam anzuhören.

Es kam der Tag der Trauerfeier. Auf der Erde trafen viele Trauergäste in der Kirche ein, natürlich auch seine Frau, seine Söhne, seine ehemaligen Mitarbeiter und viele mehr. Der Pfarrer betrat mit feierlicher und würdevoller Miene den Altarraum und legte nach kurzer Begrüßung der Trauergemeinde sogleich mit seiner Rede los.

In der anderen Welt lauschte man gespannt.

Der Pfarrer begann:

>>Wir müssen heute von einem besonders guten und großzügigen Menschen Abschied nehmen. Der liebe Verstorbene verließ uns vor zehn Tagen für immer. Von seiner schweren Krankheit, die er mit großer Geduld und Gottvertrauen ertragen hatte, wurde er im Alter von 64 Jahren von Gott, unserem Herrn erlöst und zu sich berufen.

Der Verstorbene leitete seit fast dreißig Jahren die Geschicke seiner Fabrik. Seinen Mitarbeitern war er wie ein Vater, der stets ein Ohr für ihre Sorgen und Nöte hatte. Er war ein äußerst liebevoller Ehemann und ein treusorgender Vater. Unsere Gemeinde hat er stets mit großzügigen Spenden bedacht.

Wir alle werden ihn sehr vermissen! Herr, gib ihm die ewige Ruhe!«

Herr Heinzmann, der die Rede mit seinen neuen Bekannten voller Spannung verfolgte, war völlig irritiert. Die verstorbenen Freunde dachten: »Der muss ja ein ganz toller Mensch gewesen sein! Dem wird es hier in seiner neuen Welt recht gut ergehen!«

Einige Engelwesen, die sich die Rede ebenfalls angehört hatten und die Wahrheit natürlich kannten, schauten sich nur ganz verdutzt an und schlugen ihre Flügel vors Gesicht.

Dann versuchte Herr Heinzmann, etwas richtigzustellen: »Entschuldigt bitte! Da muss ein Missverständnis vorliegen. Der hat gar nicht von mir gesprochen! Ich glaube, wir haben die Trauerfeier eines anderen Menschen verfolgt!«

Die letzte Chance

Herbert Brinkmann, ein 46-jähriger Jungge- selle, hatte in seinem Leben alles erreicht, von dem er als junger Mann immer ge- träumt hatte. Als leitender Angestellter eines welt- weit operierenden Konzerns genoss er ein hohes Ansehen und verdiente einen Haufen Geld. Sein Beruf führte ihn in der ganzen Welt umher.

Von seinem Einkommen konnte er sich vieles leisten. Er besaß eine chice große Eigentumswoh- nung, wertvollen Schmuck und vieles mehr, von dem die meisten Menschen nur träumen können. Sein ganzer Stolz war ein fast nagelneuer Ferrari.

Eines Tages, als er mit seinem Ferrari eine Spritz- tour machte, wurde ihm plötzlich ganz übel. Da er auch Schmerzen im linken Arm und im Brustbe- reich verspürte, befürchtete er, dass sich ein Herz- infarkt ankündigte. Er hielt sofort an und rief mit letzter Kraft den Rettungsdienst.

Als dieser nach einigen Minuten eintraf, war Herbert Brinkmann bereits klinisch tot. Der Notarzt versuchte, ihn an Ort und Stelle zu reanimieren, was ihm nach wenigen Minuten auch gelang.

Während dieser kurzen Zeitspanne, in der Herr Brinkmann schon mit mindestens einem Fuß die Schwelle des Todes überschritten hatte, hatte er sehr intensive Nahtoderlebnisse, an die er sich auch hinterher noch bestens erinnern konnte.

Er sah wie auf einer Kinoleinwand Bilder seines bisherigen Lebens, das jetzt auf der Kippe stand. Bei allen Bildern sah er sich selbst im Mittelpunkt. Obwohl diese Wahrnehmungen sich nur über wenige Minuten erstreckten, hatte er den Eindruck, wie wenn es sich um viele Tage gehandelt hätte.

Durch diese Rückschau wurde ihm bewusst, dass es ihm in seinem bisherigen Leben nur darauf ankam, Erfolg zu haben und materielle Güter anzuhäufen. Ihm wurde klar, wie zügellos sein Ehrgeiz und sein Egoismus, die ihn ganz zu zerfressen drohten, waren. Er sah jetzt ganz deutlich, wie schlecht und ungerecht er sich seinen Mitarbeitern, die ihm unterstellt waren, und auch vielen anderen Menschen gegenüber verhalten hatte.

Dann kam ein Wesen auf ihn zu, das von einer so strahlenden Leuchtekraft war, dass er den Anblick kaum ertragen konnte. Dieses Wesen war sein Engel. Der Engel sprach: »Geliebte Seele, dir wurde jetzt die große Gnade zuteil, erkennen zu können, was du in deinem Leben alles falsch gemacht hast. Du hast dein Leben Dingen untergeordnet, die völlig unwichtig sind und du hast dein Herz an nichtige Besitztümer verschenkt. Vielleicht wäre es besser für dich, auch noch den zweiten Fuß über die Schwelle zu setzen. Dann hättest du hier in der geistigen Welt lange Zeit, an deinen vielen Fehlern, die du in deinem Leben gemacht hast, zu arbeiten und dich so vorzubereiten, dass du es in deinem nächsten Leben von Anfang an besser machen könntest. Aber wir wollen dir noch eine letzte Chance geben. Noch soll dir Zeit und Gelegenheit gegeben werden, einiges in deinem jetzigen Leben zu ändern. Wenn du wieder gesund sein wirst, wird dir die Chance dazu ermöglicht, aus eigenem Entschluss Änderungen vorzunehmen. – Sobald du wieder zu Hause sein wirst, werden wir dir sieben Wochen Zeit geben, dein Leben in eine bessere Richtung zu lenken. Du musst in jeder dieser sieben Wochen eine ganz konkrete Änderung vornehmen. Du kannst dich beispielsweise in jeder dieser Wochen von etwas trennen, was du im Grunde nicht brauchst und wessen andere Menschen mehr bedürfen als du. Von was du dich trennst oder was du konkret änderst, ist deine Entscheidung. Wirf diese Chance nicht weg!«

Kurz danach wachte Herr Brinkmann auf. Er war wieder im Hier und Jetzt. Er musste noch zwei Wochen im Krankenhaus verweilen. Nach einer anschließenden dreiwöchigen Rehabilitationsmaßnahme durfte er wieder heim.

Es begann also die erste Woche, in der er etwas weggeben oder ändern sollte. Schon während der Reha hatte er viel darüber nachgedacht, wie er die Auflagen seines Engels ganz konkret erfüllen könnte. Aber irgendwie kam er zu keinem Ergebnis. Manchmal dachte er sogar: »Vielleicht habe ich die Begegnung mit dem Engel ja nur geträumt. Wenn dem so sein sollte, wäre es ja Unsinn, jetzt etwas in meinem Leben zu ändern.«

Nachdem die erste Woche fast schon vorüber war, wurde ihm dann doch ein wenig mulmig. »Also gut! Ich werde den Rat befolgen. Man weiß ja nie. Ich werde mich in dieser Woche von etwas trennen, was mir nicht so sehr am Herzen liegt.« So entschied er sich, einige Kleidungsstücke abzugeben. Noch am gleichen Tag durchforstete er seine Kleiderschränke und füllte zwei Koffer mit Mänteln, Jacken, Hosen und Hemden. »Die hätte ich vermutlich ohnehin nicht mehr getragen«, dachte er. Die aussortierte Kleidung gab er in einem Heim für Obdachlose ab.

Dann kam die zweite Woche. Ohne lange nachzudenken, entschied er sich, eine seiner beiden Rolex-Uhren abzugeben. Am nächsten Tag verkaufte er sie bei einem Schmuckhändler und spendete den Erlös einem Waisenhaus.

Als Herr Brinkmann am zweiten Tag der dritten Woche ins Bett ging, schaltete er wie üblich seinen Fernseher ein. Er liebte es, vor dem Einschlafen noch ein wenig zu glotzen, um dann besser Schlaf finden zu können. Daher hatte er sich vor Jahren einen riesengroßen Flachbildschirm an der Wand anbringen lassen. Jetzt kam ihm die Idee: »Eigentlich brauche ich das Ding nicht!« Am nächsten Tag montierte er den Bildschirm ab und schenkte ihn einem Kollegen aus der Versandabteilung, von dem er wusste, dass er schon seit längerer Zeit für ein solches Gerät sparte.

Es kam die vierte Woche. Herr Brinkmann dachte: »Es ist ja richtig, dass ich in meinem Beruf viel zu ehrgeizig bin. Auch bin ich wohl kein guter Vorgesetzter. Vermutlich war auch der ganze mit meinem Job verbundene Stress ein Grund für meinen Herzinfarkt.« Am nächsten Tag sagte er seinem Chef, dass er seine leitende Funktion aufgeben und als einfacher Sachbearbeiter arbeiten wolle. Sein Chef konnte seinen Wunsch zwar nicht verstehen, stimmte aber letztlich zu.

Herbert Brinkmann war sehr zufrieden mit den Entscheidungen, die er bisher getroffen hatte. Doch jetzt wurde es immer schwerer, etwas zu finden, was er noch weggeben oder ändern könnte. Letztlich kam ihm die Idee, das Ticket für eine Kreuzfahrt, die er in zwei Monaten antreten wollte, zu verschenken. Am nächsten Tag schenkte er es seiner ehemaligen Sekretärin, die immer besonders unter seinen Launen und Eskapaden zu leiden hatte. Somit war auch die Aufgabe für die fünfte Woche erfüllt.

In der sechsten Woche überlegte Herr Brinkmann fieberhaft, was er jetzt noch abgeben könnte. Er entschied sich schließlich, seine zweite Rolex-Uhr und seine Ketten und Ringe zu versilbern und das Geld einer Behindertenwerkstatt zukommen zu lassen.

Schließlich kam die siebte Woche. Herr Brinkmann dachte: »Nun weiß ich wirklich nicht mehr, was ich noch abgeben könnte. Im Grunde habe ich nichts mehr, was noch besonders wertvoll ist. Das Einzige, was mir noch geblieben ist, ist mein geliebter Ferrari. Und das kann ja wohl nicht einmal ein

Engel verlangen, dass ich mich von ihm trenne. Ohne meinen Sportwagen ist mein Leben nicht mehr lebenswert.« Nachdem ihm trotz langen Nachsinnens wirklich nichts mehr einfiel, was er noch abgeben oder ändern könnte, vertröstete er sich: »Immerhin habe ich in den letzten sechs Wochen das gemacht, was mein Engel mir aufgetragen hatte. Ich denke, er ist zufrieden. Ich glaube, ich habe mein Soll erfüllt.«

Am ersten Tag der achten Woche nutzte Herr Brinkmann das herrliche Sommerwetter, um wieder einmal eine Spritztour mit seinem Ferrari zu machen.

Schon nach wenigen Minuten kam er in einer Kurve ins Schleudern und prallte frontal gegen einen Baum. Herr Brinkmann war sofort tot.

Nachdem er die Pforte des Todes durchschritten hatte, kam ihm sein Engel entgegen: »Sei mir willkommen, geliebte Seele! Du hast dich wahrhaft sehr bemüht, meinen Rat zu befolgen. Du hast einiges von deinem Plunder verschenkt und einiges in deinem Leben geändert. Dadurch bist du schon ein etwas besserer Mensch geworden. Aber der letzte Schritt war dann doch wohl zu schwer für dich. Jetzt wirst du für lange Zeit hier bei uns in der geistigen Welt sein. Da werden wir dir dabei helfen, dein Erdenleben aufzuarbeiten und dir die Impulse geben, im nächsten Leben ein noch besserer Mensch werden zu können.«

Der Kreislauf der guten Tat

in älterer Mann ging einmal in eine Apotheke, um ein paar Medikamente, die ihm sein Arzt verordnet hatte, abzuholen.

An der Kasse stand eine junge Mutter, die sich gerade eine Arznei aushändigen ließ. Die Apothekerin sagte zu ihr: »So, dann bekomme ich von Ihnen 47,50 €.« Die junge Mutter kramte hektisch in ihrer Geldbörse und in ihren Taschen und sagte dann: »Das ist aber jetzt dumm! Ich hätte nicht damit gerechnet, dass die Arznei so teuer ist. Ich bekomme nur 39,75 € zusammen. Kann ich Ihnen das restliche Geld nicht vielleicht morgen bringen?«

Die Apothekerin blieb stur und sprach: »Nein, das ist hier nicht üblich. Außerdem kenne ich Sie ja überhaupt nicht!«

Die Kundin war ganz aufgelöst und sagte: »Mein kleiner Sohn ist schwer krank. Er braucht diese Medizin dringend! Wenn ich jetzt erst wieder nach Hause laufen würde, um das restliche Geld zu holen, schaffe ich es nicht mehr vor Ladenschluss wieder hier zu sein.« Doch die Apothekerin blieb stur.

Der ältere Mann, der das Gespräch mitgehört hatte, warf der Apothekerin einen verständnislosen Blick zu und sagte zu der jungen Mutter: »Hier, gute Frau, ich schenke Ihnen das fehlende Geld. Nehmen Sie es bitte!«

Die junge Mutter zierte sich erst ein wenig, doch dann nahm sie es dankend an: »Sie hat mir der liebe Gott geschickt! Wie kann ich das wieder gutmachen?«

Der Mann sagte nur: »Vielleicht bringt Sie das Leben auch einmal mit einem Menschen zusammen, der auf Ihre Hilfe angewiesen ist. Dann können Sie ihm auch Gutes tun! Ich wünsche Ihrem Sohn gute Besserung.«

Viele Monate später sah die junge Mutter während eines Einkaufsbummels in einer kleinen Gasse einen jungen Mann am Boden kauern. Er schien schwer verletzt zu sein.

Die Frau wollte schon an dem Verletzten vorübergehen, doch dann erinnerte sie sich an das, was der Mann in der Apotheke ihr gesagt hatte und ging auf ihn zu. »Was ist denn mit Ihnen passiert? Wie geht es Ihnen? Können Sie aufstehen?«, fragte sie.

Der junge Mann antwortete: »Ich bin gerade von zwei Männern überfallen und schwer verprügelt worden. Aber ich glaube, ich habe nur ein paar Schrammen und Kratzer und wohl einen rechten Schock.« Dann erhob er sich mühsam vom Boden. Die junge Mutter konnte jetzt erkennen, dass er an vielen Stellen, im Gesicht und an den Händen, blutete.

Dann sprach sie: »Ich nehme Sie jetzt mit zu mir nach Hause. Ich bin gelernte Krankenschwester und werde Ihre Wunden fachmännisch versorgen.«

Der junge Mann nahm das freundliche Angebot dankend an.

In ihrer Wohnung angekommen reinigte und desinfizierte sie seine Wunden und klebte Pflaster drüber. Dann brühte sie einen Tee auf. Während sie ihren Tee tranken, unterhielten sie sich noch über Gott und die Welt.

Als der junge Mann sich nach etwa drei Stunden verabschiedete, sagte er: »Ich bin Ihnen wirklich sehr, sehr dankbar. Darf ich mich für Ihre Mühe erkenntlich zeigen?«

Die junge Mutter antwortete: »Nein, das ist schon in Ordnung. Aber vielleicht kommen Sie ja auch einmal in die Lage, einem anderen Menschen helfen oder ihm einen großen Gefallen tun zu können. Wenn diese Gelegenheit kommt, sollten Sie sie nicht verstreichen lassen!«

Ein paar Jahre später kam der junge Mann eines Tages auf dem Weg zur Arbeit an einem See vorbei. Am Ufer stand ein etwa 8-jähriges Mädchen und weinte bitterlich.

Der junge Mann beugte sich zu dem Mädchen herab und fragte: »Was ist denn los? Warum bist du denn so traurig?« Das Mädchen antwortete ganz aufgelöst: »Mein schöner neuer Ball ist mir beim Spielen ins Wasser gefallen. Ich kann doch nicht schwimmen und weiß nicht, wie ich ihn wieder da rauskriegen kann. Wenn ich ohne meinen Ball nach

Hause komme, schimpfen meine Eltern und schenken mir vielleicht nie wieder etwas!«

Der junge Mann sah den schönen, bunten Ball etwa zwei Meter vom Ufer entfernt auf der Wasseroberfläche liegen. Zunächst versuchte er, ihn mit einem langen Ast, der von einem Baum abgebrochen war und in der Nähe des Ufers lag, herauszufischen. Doch es gelang ihm nicht.

Er wollte aber dem Mädchen unbedingt helfen. Obwohl ihm klar war, dass er dann zu spät zur Arbeit kommen und dass seine Unterwäsche klatschnass sein würde, zog er sich Schuhe und Kleidung bis auf die Unterhose aus und sprang ins Wasser, um den Ball zu holen. Mit einem Lächeln übergab er ihn dem Mädchen und sagte: »Hier ist er! Passe aber zukünftig besser auf, dass dir so ein Missgeschick nicht noch einmal passiert!«

Das Mädchen war ganz glücklich und bedankte sich herzlich. Der junge Mann wollte eigentlich schon weitergehen, dann fiel ihm aber etwas ein, und er sagte zu dem Mädchen: »Du musst dich nicht bedanken. Vielleicht kommt ja einmal ein Tag, an dem du einem anderen Menschen auch helfen kannst.«

Das Mädchen musste noch sehr lange und auch später immer wieder einmal an diesen Satz denken.

Viele Jahre später war der ältere Mann, der einstmals der jungen Mutter in der Apotheke das Geld geschenkt hatte, ein alter Mann und ziemlich schwer krank. Er wusste, dass er nicht mehr allzu lange zu leben hatte. Als er einmal auf einer Parkbank saß, dachte er: »Wie gerne würde ich, bevor ich sterben muss, noch einmal meinen alten Freund Karl sehen! Als wir uns vor vielen Jahren das letzte Mal gesehen hatten, waren wir in einen großen Streit geraten. Wie gerne würde ich mich mit ihm wieder vertragen! Aber er wohnt weit weg in einem Pflegeheim, und ich weiß nicht recht, wie ich dahinkommen kann.«

So saß er noch eine ganze Weile da, traurig und in Gedanken versunken.

Das kleine Mädchen war in der Zwischenzeit eine junge Frau geworden. An dem besagten Tag führte ihr Weg sie durch den Park, wo der alte Mann saß.

Als sie ihn da so traurig sitzen sah, ging sie auf ihn zu und fragte ihn: »Entschuldigen Sie, dass ich Sie einfach so anspreche. Aber Sie machen einen so unendlich traurigen Eindruck. Kann ich Ihnen irgendwie helfen?« Sie hatte das Wort »helfen« noch nicht ganz ausgesprochen, als ihr das wieder einfiel, was der junge Mann ihr vor Jahren gesagt hatte und worüber sie so oft sinniert hatte.
Der alte Mann schilderte ihr sein Problem.

Darauf antwortete die junge Frau: »Ich habe heute den ganzen Tag nichts vor. Wenn Sie wollen, fahre ich Sie gerne mit meinem Auto zu ihrem Freund.«

Der alte Mann nahm das Angebot freudig und dankend an. Natürlich war ihm gar nicht bewusst, dass er es vor Jahren gewesen war, der den Grundstein zu dieser guten Tat gelegt hatte.

Der Wahrtraum

Zu Beginn des 20. Jahrhunderts lebte ein Medizin-Professor mit seiner Frau in einer Berliner Villa. Er forschte und lehrte schon seit Jahren an der dortigen Universität.

Eines Nachts – der Morgen graute schon – schrak er aus dem Schlaf auf, weil er einen lauten Knall zu hören glaubte. Noch bevor er dazu kam, der Sache auf den Grund zu gehen, fiel ihm ein, dass er soeben einen beängstigenden Traum hatte, an den er sich noch einigermaßen zu erinnern vermochte.

Er saß in diesem Traum am Schreibtisch seines geräumigen Arbeitszimmers. Sein Blick fiel auf den Kalender an der gegenüberliegenden Wand. Dieser zeigte an: Donnerstag, 14. Juni. An die nächsten Sequenzen des Traumes konnte er sich nicht so recht erinnern. So wusste er auch nicht mehr genau, wo er sich gerade in seinem Traum aufhielt. Dann setzte die Erinnerung wieder ein. Er sah, wie jemand ein Gewehr in der Hand hielt und auf ihn zielte. Ein Schuss löste sich mit ohrenbetäubendem Knall und traf ihn tödlich.

Noch ganz schlaftrunken stand er auf, obwohl es noch recht früh war. Während des Frühstücks las er wie üblich in der Zeitung. Sein Blick fiel auf das Datum: 13. Juni. »Heute ist ja erst der 13.! Da kann mir wohl noch nichts passieren«, dachte er, leicht vor sich hin schmunzelnd. Der Professor war ein rational denkender Mann, der nur an das glaubte, was wissenschaftlich fundiert und nachweisbar ist. Wahrträume hielt er für einen Unsinn, so dass sein Traum ihn auch nicht sonderlich beunruhigte. Seiner Frau erzählte er nichts davon.

An diesem Tag ging er wie an den meisten Tagen zur Universität, wo er an seinen medizinischen Forschungen arbeitete. Am Nachmittag hielt er noch ein Seminar für seine Studenten.

Am Abend musste er dann doch wieder einige Male an seinen Alptraum denken. Große Sorgen machte er sich jedoch nicht. Trotzdem entschloss er sich beim Abendessen dann doch, seiner Frau davon zu erzählen. Seine Frau, die ein wenig zum Aberglauben neigte, war ganz entsetzt und sagte mit aufgeregter Stimme: »Um Gottes Willen! Solche Träume darf man nicht auf die leichte Schulter nehmen! Du darfst morgen auf gar keinen Fall das Haus verlassen! Hier kann dir nichts passieren.« Der Professor lächelte nur und versuchte, sie zu beruhigen.

»Hätte ich ihr nur nichts gesagt! Jetzt kann die Gute vermutlich die ganze Nacht nicht schlafen«, dachte er.

Der nächste Tag begann. Es war Donnerstag, der 14. Juni. Als der Blick des Professors beim Frühstück auf das Datum in der Zeitung fiel, wurde ihm schon ein wenig mulmig zumute. Seine Frau flehte ihn an: »Du darfst heute auf keinen Fall das Haus verlassen! Schließe dich bitte den ganzen Tag in deinem Arbeitszimmer ein und sperre die Tür zu und verriegele das Fenster! Ach ja, und verschiebe deinen Schreibtisch etwas, so dass dich kein Schuss, der womöglich vom Dach des gegenüberliegenden Hauses durchs Fenster abgefeuert werden könnte, treffen kann!«

Der Professor, der jetzt doch eine gewisse Unruhe nicht verleugnen konnte, hätte an diesem Tag eigentlich eine Vorlesung an der Universität halten müssen. Da aber auch er sich ein wenig sorgte und seine Frau beruhigen wollte, befolgte er ihren Rat. Er sagte die Vorlesung telefonisch ab und beschloss, den ganzen Tag in seinem Arbeitszimmer zu verbringen, um an seinem neuen Fachbuch weiterzuschreiben. Schon seit Monaten saß er an nahezu allen Tagen, an denen er nicht in der Universität erscheinen musste, fast den ganzen Tag an seinem Schreibtisch, um an diesem Buch zu arbeiten. Oft saß er da stundenlang fast regungslos, ohne sich auch nur einmal die Füße zu vertreten oder eine Mahlzeit einzunehmen.

So ging er also nach dem Frühstück ans Werk. Als er sein Arbeitszimmer betrat, fiel sein Blick gleich auf den Kalender, den er im Traum gesehen hatte. Er riss ein Blatt ab. Das neue Blatt zeigte an: Donnerstag, 14. Juni. Seine Besorgnis nahm drastisch zu. Er verschloss die Tür, verriegele das Fenster und versetzte auch den Schreibtisch um etwa einen Meter, um nicht in der von seiner Frau erwähnten Schusslinie zu sitzen.

Nun wollte er sich an die Arbeit machen. Aber irgendwie konnte er sich nicht darauf konzentrieren. Er konnte jetzt nur noch an seinen Traum denken. Er wurde in zunehmendem Maße immer unruhiger und hoffte, dass der Tag bald vorübergehen möge. Aber es war erst 9 Uhr morgens. Der Professor lief die ganze Zeit getrieben und nervös in seinem Zimmer auf und ab, hin und her, einem gehetzten Tier gleich. Dabei achtete er streng darauf, dem Fenster nicht zu nahe zu kommen.

Es wurde 10 Uhr. Da klopfte es an seiner Tür. Er fragte: »Wer ist da?« Eine leise Stimme antwortete: »Ich bin es, Frau Gebert, Ihre Putzfrau! Heute ist doch Donnerstag; da ist Ihr Arbeitszimmer an der Reihe.« Der Professor erinnerte sich, dass Frau Gebert sein Arbeitszimmer jeden Donnerstag gründlich säuberte. Er ließ sie herein und sperrte das Zimmer wieder von innen ab. »Die wird mir schon nichts tun!«, dachte der Professor.

Auch während die Putzfrau ihre Arbeit verrichtete, kam der Professor nicht zur Ruhe. Er tigerte weiterhin auf und ab. Die Putzfrau nahm er gar nicht wahr. Ihm ging es nur darum, dass dieser schlimme Tag bald ein Ende nehmen möge. Er konnte sich auf nichts anderes mehr einlassen.

Es wurde 11 Uhr. Die Putzfrau war mit ihrer Arbeit im Grunde schon fertig, als sie den Professor fragte: »Herr Professor, ich könnte heute mal wieder Ihre Gewehre putzen. Das habe ich schon seit Monaten nicht mehr gemacht.« Der Professor hörte gar nicht richtig hin und murmelte nur: »Ja, ja, machen Sie das!«

Frau Gebert öffnete den Waffenschrank, in dem sich sieben Gewehre befanden, die der Professor für seine Jagdleidenschaft benötigte. Sie nahm Waffe für Waffe heraus und putzte sie sorgfältig. Als sie die siebte Waffe in den Händen hielt, um sie zu reinigen, hantierte sie ungeschickt am Abzug. Da dieses Gewehr aus unerfindlichen Gründen geladen war, löste sich mit lautem Knall ein Schuss.

Hätte der Professor seinen Schreibtisch nicht verschoben und – wie sonst üblich – an ihm gesessen, hätte die Kugel ihn getroffen!

»That's not a good idea!«

Die 37-jährige US-Amerikanerin Mrs. Baker hatte zehn Tage geschäftlich in London zu tun. Es waren sehr anstrengende Tage. Nun war sie froh, endlich wieder in ihre Heimat zurückkehren zu können. Insbesondere freute sie sich auf das Wiedersehen mit ihrem Mann und ihrer kleinen Tochter.

Gleich nach dem Frühstück checkte sie im Hotel aus und fuhr mit einem Taxi zum Flughafen Heathrow.

An der Gepäckabgabe des Flughafens gab sie ihren großen Koffer auf. Einen mittelgroßen Koffer sowie ihre Handtasche wollte sie mit an Bord nehmen.

Als sie schon auf dem Weg zum Gate war, trat ein älterer, etwas kauzig wirkender Mann auf sie zu und sagte: »That's not a good idea!« Dann ging der Mann wieder seines Weges, ohne auf eine Reaktion der Frau zu warten.

Mrs. Baker dachte: »Was meint der Kerl? Was ist keine gute Idee?« Dann fiel ihr Blick auf ihren Koffer. »Vermutlich meinte er, dass es keine gute Idee sei, den Koffer mit an Bord zu nehmen. Nun ja, die Gepäckfächer im Flieger sind ja nicht sehr groß. Vielleicht passt er nicht hinein.«

So ging sie noch einmal zur Gepäckabgabe, um auch diesen Koffer aufzugeben.

Da sich das ein wenig hinzog, verpasste sie ihren Flieger und war natürlich ziemlich wütend, zumal an diesem Tag keine weitere Flugverbindung möglich war. So blieb sie noch eine weitere Nacht in London.

Am nächsten Tag erfuhr sie, dass die Maschine, die sie nehmen wollte, über dem Atlantik abgestürzt war und dass die meisten Passagiere ums Leben gekommen waren.

Die drei Räuber und die drei Richter

V or einiger Zeit überfielen drei Männer eine Tankstelle. Um sich freie Bahn zu verschaffen, schlugen sie die wagemutige Verkäuferin, die sich ihnen in den Weg stellen wollte, nieder. In wenigen Minuten rafften sie alles zusammen, was sie kriegen konnten.

Die Männer, die im Grunde ihres Herzens eigentlich keine gar so schlechten Kerle waren, waren sehr arm und daher jetzt ziemlich froh, ein paar Nahrungsmittel und ein wenig Geld zu besitzen, um sich einige schöne, sorgenfreie Tage machen zu können.

Doch schon kurz nach ihrer üblen Tat wurden sie von den Ordnungshütern der Stadt gefasst und vor Gericht gestellt. Die drei wurden drei verschiedenen Richtern vorgeführt.

Der Richter, der für den ersten Räuber zuständig war, war ein gestrenger, unerbittlicher Herr, der sich zutiefst dem Wohle und der Sicherheit seines Volkes verpflichtet fühlte. Er gab dem Räuber gar keine Gelegenheit, etwas zu seiner Verteidigung zu sagen. Er schickte ihn sogleich ins Gefängnis, wo er noch über zwanzig Jahre bis an sein Lebensende bei karger Kost dahindarbte. Die Menschheit war für ihn verloren, und er war für die Menschheit verloren. Das Volk war zufrieden und lobte das harte Urteil in den höchsten Tönen. »Endlich sind wir vor diesem Verbrecher sicher! Der kann uns keinen Schaden mehr zufügen!«, hörte man sie sprechen.

Der Richter, mit dem es der zweite Räuber zu tun bekam, war ein etwas jüngerer Herr. Auch er befasste sich nicht lange mit dem Unhold und ließ ihn mit der Begründung laufen: »Was soll ich mich lange mit diesem Strolch beschäftigen! Wenn ich ihn in ein Gefängnis werfen lasse, müssen wir ihn ernähren. Das Brot und alles andere, was er verzehren würde, müsste unser Volk bezahlen. Das ist so einer gar nicht wert. Soll er doch sehen, wo er bleibt!« Die große Mehrheit des Volkes war mit diesem Urteilsspruch einverstanden. Keiner hätte es gern gesehen, wenn er für solch einen Kerl womöglich höhere Steuern hätte zahlen müssen.

Der Räuber war froh, so glimpflich davon gekommen zu sein und ging seines Weges. Er empfand seinen Freispruch als Chance, ein anständiges Leben zu führen. Er bemühte sich sehr, eine Arbeit zu finden, um sich redlich ernähren zu können. Natürlich hatte sich seine Tat bei den Leuten herumgesprochen. Wo er auch hinkam, um seine Arbeitskraft anzubieten, bekam er immer wieder zu hören: »Was, du wagst es, mich zu bitten, dir Arbeit zu geben? Vermutlich wartest du nur auf die erstbeste Gelegenheit, mich niederzuschlagen und auszurauben! Verschwinde! Lass' dich hier bloß nie wieder blicken!«

Irgendwann gab der Räuber die Hoffnung auf, ein anständiges Leben führen zu können. Ihm wurde klar, dass keiner bereit wäre, ihm eine neue Chance zu geben. Da er aber kein Geld und viel Hunger hatte, sah er keinen anderen Ausweg, als sein Leben als Räuber fortzusetzen. Von diesem Tage an war keiner im Lande mehr vor ihm sicher. Wann immer er wieder großen Hunger verspürte, überfiel er ein Geschäft oder eine Bank und nahm sich, was er brauchte. Im Laufe der Jahre ging er immer ausgeklügelter vor, so dass die Ordnungshüter keine Chance hatten, ihn an seinen Raubzügen zu hindern oder seiner habhaft zu werden. Er stahl immer häufiger sehr viel mehr, als er zum Lebensunterhalt benötigt hätte. Auch wurde er in der Wahl seiner Mittel, mit denen er die Opfer außer Gefecht setzte, immer weniger zimperlich. Er stellte eine große Gefahr für Land und Leute dar. Nicht wenige hörte man jetzt rufen: »Man hätte den Verbrecher damals sofort für alle Zeiten in den Kerker werfen sollen!«

Der Richter, der das Urteil über den dritten Räuber zu fällen hatte, gab dem Mann sehr viel Gelegenheit, über die Beweggründe seiner Tat zu berichten. Erst nach vielen Stunden und reiflicher Überlegung verkündete er seinen Richterspruch: »Was du getan hast, war nicht recht. Ich glaube, das weißt du selbst. Dir ist klar, dass ich dich nicht einfach laufen lassen kann, als wäre nichts geschehen. Damit würde ich auch dir keinen Dienst erweisen. Ich halte es aber auch nicht für klug, dich in einem Gefängnis darben zu lassen. Das bringt dich nicht weiter. Ich habe eine bessere Idee. Am Rande der Stadt gibt es einen großen Bauernhof. Der Bauer ist vor kurzem gestorben. Die Bäuerin, eine alte schwache Frau, kann die ganze anfallende Arbeit kaum allein bewältigen. Auch hat sie nicht genug Geld, um eine Arbeitskraft einzustellen.« Der Räuber lauschte gespannt. Er spürte, dass der Richter bereit war, ihm eine Chance zu geben. Der Richter fuhr fort: »Ich werde dich zu ihr schicken. Du wirst ihr drei Jahre lang mit ganzer Kraft bei der Arbeit helfen, Tag für Tag, auch an Sonntagen. Als Lohn wird sie dir eine Kammer zur Verfügung stellen, in der du wohnen kannst, und dich mit ausreichenden Mahlzeiten versorgen. Ein paar meiner Leute werden ein Auge darauf haben, dass du nicht die Flucht ergreifen kannst.«

Gesagt, getan! Der Räuber wurde zur Bäuerin geführt, die natürlich schon Bescheid wusste. Die Bäuerin, eine sehr freundliche, kluge Frau, begrüßte ihn mit den Worten: »Willkommen, guter Mann! Ich kann deine Hilfe wirklich gut gebrauchen. Ich freue mich, dass du auf einen solch gütigen, weisen Richter getroffen bist, und ich freue mich, dass du jetzt hier bist.«

Der Räuber war der Bäuerin vom ersten Tage an eine große Hilfe. Nicht selten arbeitete er freiwillig länger und leistete mehr, als ihm aufgetragen wurde. Mit der Bäuerin kam er sehr gut aus. Häufig saßen sie abends nach getaner Arbeit noch beieinander und erzählten über Gott und die Welt. Es wäre ihm nie in den Sinn gekommen, sich über seine Arbeit auf dem Hof zu beklagen oder gar zu fliehen.

Die drei Jahre vergingen wie im Fluge. Auch danach blieb er noch aus freien Stücken bei der Bäuerin und arbeitete als ihr Knecht. Das war beiden sehr recht. Längst sah die Bäuerin in ihm nicht mehr den Knecht, sondern einen gleichberechtigten Arbeitspartner. Da der Räuber, der ja eigentlich gar keiner mehr war, viele Jahre sehr viel mehr gearbeitet hatte, als es von ihm gefordert wurde, warf der Hof reichliche Erträge ab und wurde schon bald zum größten und schönsten im ganzen Lande. Die Bäuerin konnte es sich nun leisten, einen weiteren Knecht einzustellen, der ihr und dem Räuber viel Arbeit abnahm.

Die so gewonnene Zeit nutzte der ehemalige Räuber, um sich auch anderen Dingen zuwenden zu können. Wo auch immer es in der Nachbarschaft etwas zu tun gab, packte er mit an, ohne dafür einen Lohn empfangen zu wollen. Alle mochten ihn und schätzten seine Hilfsbereitschaft. An einem Winternachmittag rettete er zwei Kindern das Leben, die beim Schlittschuhlaufen auf dem zu dünnen Eis eines Sees eingebrochen waren und zu ertrinken drohten.

Dass die Bäuerin recht reich geworden war, sprach sich herum. Auch der zweite Räuber, der ja immer noch auf freiem Fuße war, erfuhr davon und beschloss, dort seinen nächsten Beutezug zu machen. Eines Nachts schlich er sich auf den Hof. Er brach die Tür des Bauernhauses auf und machte sich an den Schränken und Vitrinen in der Wohnstube zu schaffen, wo er Geld, Schmuck und sonstige Wert-

73

sachen vermutete. Doch die Bäuerin wurde durch die Geräusche aufgeweckt und ging in die Wohnstube, um nach dem Rechten zu sehen. Ohne mit der Wimper zu zucken, wollte der Ganove den Störenfried mit einem kräftigen Hieb niederstrecken. Gott sei Dank wurde auch der ehemalige Räuber durch die unüberhörbaren Geräusche wach und kam gerade noch rechtzeitig, um das zu verhindern. Er, der kräftiger war als der Eindringling, setzte diesen mit ein paar gezielten Griffen außer Gefecht und legte ihm Fesseln an.

Natürlich erkannten die beiden sich sofort wieder. »Mensch Kumpel!«, sagte der Gefesselte erleichtert, »Du bist das! Da habe ich ja Glück gehabt. Komm, löse meine Fesseln! Dann nehmen wir uns den ganzen Zaster und suchen das Weite.« Es dauerte jedoch nicht lange, bis er merkte, dass sein ehemaliger Weggefährte nicht mehr der alte war. Ihm graute Schlimmstes. »Was hast du mit mir vor? Willst du mich etwa erschlagen oder in den Kerker werfen lassen?« Er bekam als Antwort: »Ich weiß nicht, wie eine gerechte Strafe für dich aussehen könnte. Ich weiß nicht, wie ich dir helfen könnte, wieder den rechten Weg zu finden. Aber ich kenne jemanden, der das ganz gewiss weiß. Zu diesem Mann werde ich dich gleich Morgen früh bringen.«

Lügen kann tödlich sein

Die 56-jährige Hermine Brusko war schon seit über zehn Jahren Witwe. Seitdem lebte sie allein mit ihrer 18-jährigen Tochter Anna in einem Mehrfamilienhaus in einer westdeutschen Großstadt.

Da Frau Brusko in vielerlei Hinsicht höchst sonderbar und eigenwillig war, hatte sie weder Freunde noch Bekannte. Auch zu den Leuten, die im gleichen Haus wohnten, pflegte sie kein gutes Verhältnis. So war sie ganz auf ihre Tochter, die ihr einziges Kind war, fixiert. Anna war ihr Ein und Alles.

Auch Anna hatte ihre Mutter recht lieb, so dass die beiden viel Zeit miteinander verbrachten. Wenn Anna einmal abends oder am Wochenende ausgehen wollte, versuchte ihre Mutter, sie bittend und flehend davon abzuhalten, weil sie nicht allein sein wollte. Anna hatte meistens Mitleid mit ihrer Mutter und fügte sich ihren Wünschen. So war es nicht verwunderlich, dass auch Anna keine Freunde hatte.

Eines Tages kam ein junger Mann in den Drogeriemarkt, in dem Anna als Verkäuferin arbeitete. Die beiden waren sich gleich sehr sympathisch, ja es war Liebe auf den ersten Blick. Der junge Mann lud Anna für den kommenden Sonntag in ein Weinlokal ein.

Anna fieberte dem Sonntag entgegen. Aber wie sollte sie es nur ihrer Mutter beibringen?

Am Samstag entschloss sie sich, ihr die Wahrheit zu sagen: »Du Mutti, ich habe vorgestern einen sehr netten jungen Mann kennengelernt. Er heißt Wolfgang. Er hat mich für morgen Abend in ein Weinlokal eingeladen. Ich habe die Einladung angenommen. Sei bitte nicht böse, dass du dann ein paar Stunden allein bist.«

Ihre Mutter sagte kein Wort. Aber an ihrer Mimik und an ihren Gesten war deutlich abzulesen, dass sie sehr wohl böse war. Auch am Sonntagmorgen sprach sie kein Wort mit ihrer Tochter.

Anna ließ sich ihre gute Laune nicht verdrießen und machte sich zum Treffpunkt auf, wo sie von Wolfgang schon erwartet wurde. Die beiden genossen ihre Zweisamkeit.

Doch schon nach etwa einer Stunde klingelte Annas Handy. Es war ihre Mutter. »Anna«, stöhnte Frau Brusko, »mir geht es so schlecht! Ich habe solche Schmerzen in der Brust.« Anna überlegte nicht lange und antwortete: »Ich bin in zwanzig Minuten bei dir, Mutti. Lege dich so lange auf die Couch und verhalte dich ganz ruhig.«

Dann sagte sie zu Wolfgang: »Es tut mir so leid. Meiner Mutter geht es schlecht. Ich muss sofort zu ihr.« Wolfgang war ein wenig enttäuscht, dass dieser schöne Abend ein so frühes Ende nahm, konnte aber Annas Entscheidung durchaus verstehen.

Beim Verabschieden verabredeten sie sich für den nächsten Sonntag um die gleiche Zeit im selben Lokal.

Eilig fuhr Anna nach Hause.

Als sie die Wohnungstür aufgeschlossen hatte, war sie sehr erleichtert. Ihre Mutter saß in einem Sessel und labte sich an einem Gläschen Likör. »Ich bin so froh, dass es dir wieder gut geht«, sagte Anna, »ich habe mir schon Sorgen gemacht.« »Ja, es geht schon wieder. Der Likör hat mir gut getan.«

Anna informierte Wolfgang, dass mit ihrer Mutter alles in Ordnung sei, was ihn sehr freute.

Am nächsten Sonntag trafen sich Anna und Wolfgang wieder in dem Weinlokal. Erneut verging kaum eine Stunde, bis Annas Handy klingelte. Es war ihre Mutter. »Anna, Anna«, wisperte sie, »heute geht es mir ganz, ganz schlecht. Ich glaube ich bekomme einen Herzinfarkt. Du musst sofort kommen!« Anna versprach ihr, sofort loszufahren. »Ich kann deine Entscheidung, zu deiner Mutter zu fahren, gut verstehen. Aber meinst du nicht, dass sie wieder Theater spielt, um dich zu erpressen heimzukommen? Sie ist vermutlich krankhaft eifersüchtig«, meinte Wolfgang. »Nein, das glaube ich nicht. Sie hat einen Herzfehler. Damit ist nicht zu spaßen. Sei mir bitte nicht böse, aber ich muss zu ihr.«

Zu Hause angekommen glaubte Anna, ein Déjà-vu-Erlebnis zu haben. Frau Brusko hockte wieder im

Sessel und hatte ein Gläschen Likör in der Hand. »Schön, dass du da bist, mein Kind. Jetzt geht es mir schon viel besser«, sagte sie. Anna war froh, dass es ihrer Mutter gut ging, aber auch ein wenig nachdenklich. »Vielleicht hatte Wolfgang mit seiner Einschätzung ja recht. Wenn sie nächsten Sonntag wieder anrufen sollte, werde ich nicht sofort kommen«, nahm sie sich fest vor.

Am nächsten Sonntag trafen sich Anna und Wolfgang wieder pünktlich in der kleinen gemütlichen Weinstube. Wiederum nach etwa einer Stunde meldete sich Annas Mutter: »Anna, komm bitte gleich nach Hause! Mir ist so elend.« Anna überlegte eine Weile, um dann zu antworten: »Nein, Mutti. Dieses Mal falle ich nicht auf deine Schauspieleinlage rein. Du musst auch mal lernen, ein paar Stunden allein zu sein.«

Das junge Paar genoss den Abend, wenngleich Anna zwischendurch immer wieder einmal ein sonderbares Gefühl beschlich. Auch auf dem Heimweg war ihr etwas mulmig zumute.

Nachdem sie die Wohnungstür aufgeschlossen hatte, sah sie ihre Mutter regungslos auf dem Boden liegen. Anna bückte sich, um zu sehen, was los war. Ihre Mutter war zwei Stunden nach dem Telefonat einem Herzinfarkt erlegen.

Hätte Frau Brusko nicht zweimal aus Eifersucht Fehlalarm ausgelöst und ihre Tochter regelrecht belogen, wäre Anna an diesem Abend ganz gewiss gleich nach Hause gefahren. Dann wäre noch Zeit gewesen, einen Notarzt zu rufen, so dass Frau Brusko höchstwahrscheinlich überlebt hätte...

Der Streik der Erde

Wie alle 333 Jahre fanden sich die Geister der Umlaufzeiten, die für die Drehung und die Umlaufbahnen der Erde sowie der übrigen Planeten um die Sonne zuständig sind, zu einer Konferenz am Himmelszelt ein.

Einer ihrer Anführer erhob das Wort: »Es ist wirklich traurig, dass es kaum noch Menschen auf der Erde gibt, die an uns glauben oder gar von uns wissen.«

»Ja, die Menschen sind so eitel, dass sie glauben, immer klüger geworden zu sein. Dabei verstehen sie kaum noch etwas von dem, was im Kosmos wirklich vor sich geht. Die wenigen, die noch an uns glauben, werden für verrückt erklärt. Die Menschen früherer Kulturen – angefangen bei den alten Indern, über die alten Perser, Ägypter, selbst noch bis zu den Griechen und Römern – wussten noch sehr wohl von uns. Einige von ihnen konnten uns sogar wahrnehmen. Ihnen war noch klar, dass kein Stern sich am Himmel halten könnte, dass kein Planet seine exakte Umlaufbahn absolvieren könnte, wenn nicht wir das bewerkstelligen würden«, ergänzte ein Zweiter.

Ein Dritter fuhr fort: »Das Einzige, was die Erdenmenschen heute noch wahrzunehmen vermögen, sind unsere Offenbarungen, die Ergebnisse unseres Wirkens. Diese können sie genau berechnen. Aber sie sind der Überzeugung, dass alles, was im Kosmos geschieht, von wesenlosen Kräften verursacht wird. Sie glauben, dass alles, was sie heute berechnen können, schon so war, seit es die Erde gibt, und immer so bleiben wird. Auf ihre Berechnungen sind sie unglaublich stolz.«

Dann erhob der höchste Anführer das Wort: »Was haltet ihr davon, wenn wir ein Exempel statuieren?«

»Was meinst du damit?«, wollte ein anderer wissen.

»Nun«, fuhr der Anführer fort, »diejenigen von uns, die für die Drehung der Erde um sich selbst zuständig sind, könnten einen Tag lang streiken und ihre Arbeit für 24 Stunden niederlegen. Dann werden wir sehen, ob die Menschen aufwachen.«

Alle anderen waren von dem Vorschlag begeistert. »Ich muss natürlich erst noch Gott fragen, ob er damit einverstanden ist«, sagte der Anführer.

Nachdem Gott sein Einverständnis gegeben hatte, ging es gleich am nächsten Tag los. Die für die Erdumdrehung zuständigen Geister krümmten einen Tag lang keinen Finger. Die Erde bewegte sich 24 Stunden lang um keinen Millimeter.

Auf der einen Erdhalbkugel blieb es 24 Stunden taghell, auf der anderen nachtdunkel.

Die Menschen wussten nicht, was geschah. Viele gerieten in Panik. Einige glaubten, dass das Ende der Welt gekommen sei. Religiös gesinnte Menschen rannten in die Kirche und beteten. Auch die Wissenschaftler standen vor einem Rätsel.

Nachdem am folgenden Tag alles wieder in geordneten Bahnen verlief, beruhigten sich aber die meisten schnell wieder. Das Leben nahm wieder seinen gewohnten Lauf.

Es dauerte nicht lange, bis einige namhafte Astronomen überzeugt waren, eine Erklärung gefunden zu haben. Diese verbreiteten die These: »Dass die Erde einmal so etwas wie eine 24-stündige Pause einlegt, ist völlig normal. Das geschieht etwa alle 7,5 Millionen Jahre. Da das so selten vorkommt, konnten wir das bisher nicht wissen.« Ihre These untermauerten sie noch mit vielen wohlklingenden Argumenten und Fachausdrücken, die sie eigentlich selbst nicht recht verstanden.

Die Menschen waren zufrieden und stolz, dass die Wissenschaftler so schnell eine Erklärung, die zwar keiner verstand, aber jeder dennoch für einleuchtend hielt, gefunden hatten.
Die Geister der Umlaufzeiten waren natürlich enttäuscht, dass ihr Experiment nicht zu einem Umdenken in der Erdbevölkerung geführt hatte.
Ihr Anführer sagte nur: »Offensichtlich war es doch nicht so einfach, den Menschen ihre Dummheit auszutreiben und sie zur Besinnung zu bringen. In 333 Jahren treffen wir uns wieder zu unserer nächsten Konferenz. Bis dahin wird uns eine Idee

gekommen sein, um die Menschen mit erheblich drastischeren Maßnahmen zum Aufwachen zu bewegen.«

Das ganz besondere Weihnachtsfest

Es war wieder einmal Heilig Abend. Sabinchen war soeben beschert worden. Wieder einmal hatte es das Christkind viel zu gut mit ihr gemeint. Eilig und neugierig öffnete sie die vielen sorgfältig und liebevoll verpackten Geschenke. Es fehlte rein gar nichts von dem, was sie sich gewünscht hatte.

Schon bald schien sie an den meisten ihrer Gaben kein rechtes Interesse mehr zu haben. Nach dem gemeinsamen Abendessen mit ihren Eltern brachte ihre Mutter sie wie an jedem Abend zu Bett. Die Mutter wollte ihr schon ihr Gutenachtküsschen geben, als sie sich noch einmal besann und sprach: »Du Sabinchen, ich möchte dir noch gern eine kleine Geschichte erzählen. Höre einmal gut zu!«

Dann begann die Mutter zu erzählen.

Es ist noch gar nicht so lange her. Ich war damals etwa zehn Jahre alt, also nur etwas älter, als du heute bist. Meine Brüder, deine Onkel Benjamin und Stefan, müssen dann wohl ungefähr acht und zwölf Jahre gewesen sein. Es war Adventszeit, kurz nach dem Nikolaustag. Wir saßen am frühen Abend noch mit unseren Eltern, also deinen Großeltern, im Wohnzimmer beieinander. Unser Vater legte seine Zeitung beiseite und fragte: »Na Kinder, habt ihr euch schon überlegt, was ihr euch in diesem Jahr vom Christkind wünscht?«

»Ja klar!«, rief Benjamin. »Ich möchte unbedingt einen eigenen Fußball haben, damit ich nicht immer darauf angewiesen bin, nur mit denen Fußball zu spielen, die einen besitzen. Dann brauche ich Rollschuhe, aber ganz tolle, dass alle anderen Kinder neidisch werden. Und ich hätte gern den kleinen Teddybär, den wir neulich im Spielzeugladen gesehen haben. Der ist so kuschelig! Dann brauche ich noch einen Berg Süßigkeiten und ... .«

»Nun lass' die anderen aber auch einmal zu Wort kommen«, unterbrach Vater. »Was wünscht du dir denn, Christine?«, fragte er mich. »Ich möchte unbedingt endlich einen eigenen Computer haben, damit ich nicht immer den von Stefan benutzen muss. Der lässt mich ohnehin nur selten da dran. Dann brauche ich einen neuen, chicen Jogginganzug. Außerdem hätte ich gern ein schönes Buch über das Weltall, mit vielen farbigen Bildern. Sonst fällt mir im Moment nichts mehr ein. Ich muss noch ein wenig nachdenken«, entgegnete ich. Stefan wartete erst gar nicht, bis er nach seinen Wünschen gefragt wurde. Er legte gleich los: »Alle meine Freunde haben so tolle Abenteuerspiele für ihren Computer. Ich bin es leid, mir diese immer ausleihen zu müssen. Dann hätte ich gern ein ganz tolles Fahrrad, am besten ein Mountainbike oder ein Rennrad. Und mein Schulranzen ist an einigen Stellen ganz ausgerissen. Ich glaube, er lässt sich nicht mehr reparieren. Für ein paar überraschende Geschenke wäre ich auch dankbar.«

Vater schaute ein wenig grimmig, blieb aber gelassen, da er wohl nichts anderes erwartet hatte. Er murmelte: »Mal sehen, was sich machen lässt. Vielleicht hat das Christkind euch ja jetzt zugehört.« Verlegen lächelnd schaute er unsere Mutter an, um dann wieder gelangweilt in seiner Zeitung zu blättern. Unsere Mutter schien unsere Wünsche nicht so selbstverständlich und unwidersprochen entgegenzunehmen. Man spürte geradezu, wie sie nach den richtigen Worten suchte.

Nach wenigen Minuten Schweigens begann sie mit ruhiger, liebevoller Stimme: »Na, ihr habt ja eine Menge Wünsche! Man könnte ja meinen, dass ihr jetzt ganz arm und unglücklich seid, weil euch diese Dinge augenblicklich noch fehlen.« Wir wussten nicht so recht, was wir dazu sagen sollten. Bevor einer von uns Kindern etwas hätte antworten können, griff Vater ein: »Außerdem bin ich der Meinung, dass jeder von euch – ohne Ausnahme – sich einige Geschenke wünscht, derer es nicht bedarf. Benjamin möchte beispielsweise offensichtlich nur deshalb einen Fußball, weil er mit den Kindern nicht zurechtkommt, die einen besitzen und mit denen er spielen könnte. Du könntest dir ja einmal überlegen, warum du mit ihnen nicht zurechtkommst. Vielleicht kommen sie auch mit dir nicht zurecht. Möglicherweise liegt es ein wenig an dir. Und du, liebe Christine, wozu brauchst du einen eigenen Computer. Stefan besitzt einen, und der ist letztlich für euch alle da. Ihr müsst euch eben nur besser absprechen, wer von euch ihn wann benutzen möchte. Außerdem, wenn ihr ihn schon benutzt, könnt ihr auch einmal sinnvollere und lehrreichere Dinge tun, als Spiele anzustarten. Und wenn ich schon das Wort Abenteuerspiele höre, Stefan, das Leben ist ein Abenteuer. Abenteuer, die du mit Hilfe eines Computers zu erleben glaubst, haben nicht den gleichen Wert wie diejenigen, die du wirklich erlebst! Und wenn du schon hin und wieder dieser Leidenschaft nachkommen möchtest, was ist so schlimm daran, deine Freunde zu bitten, dir eines ihrer Spiele für ein paar Tage auszuleihen? Du hast ganz gewiss auch Sachen, die sie nicht besitzen und die du ihnen im Gegenzug ausleihen könntest.«

Meine Brüder und ich waren ganz still geworden. Selten hatten wir Vater so deutliche und ermahnende Worte sagen hören. Irgendwie waren wir betroffen. Einerseits waren wir arg enttäuscht, weil uns nun klar war, dass wir uns zumindest die von Vater erwähnten Wünsche abschminken konnten. Andererseits fühlten wir aber auch, dass er mit seinen Worten nicht ganz Unrecht hatte. »Außerdem«, fuhr Vater nach kurzer Pause fort, »solltet ihr mal über den Sinn des Weihnachtsfestes nachdenken.« Seine Stimme wurde jetzt lauter. Er wirkte verärgert. »Aber ich fürchte fast, das kann ich von euch noch nicht erwarten.« Er verließ kopfschüttelnd das Zimmer.

Mutter blieb noch. Es herrschte eisiges Schweigen. Noch nie zuvor hatten wir erlebt, dass unser

Vater so außer sich war. Benjamin, der Jüngste, unterbrach die Stille: »Bekomme ich denn wenigstens den süßen, kuscheligen Teddybär, Mami?«, fragte er mit etwas weinerlicher Stimme. Mutter lächelte nur. »Was ist denn eigentlich der Sinn des Weihnachtsfestes?«, wollte ich nun wissen. »Nun, was vor 2000 Jahren in der Stadt Bethlehem geschehen ist«, begann Mutter, »muss ich sicherlich nicht erwähnen. Ihr wisst auch, dass die Hirten und die Könige, die das Jesuskind an der Krippe aufsuchten, ihm Gaben überreichten, um ihm zu huldigen. Wenn noch heute die Menschen anderen Leuten, besonders denen, die sie lieb haben, zu Weihnachten Geschenke machen, so ist das eigentlich ein Zeichen, eine Geste, eine Erinnerung an das, was damals geschah. Auf diese Weise möchten die Menschen sich auf die Geburt Jesu und auf alles, was dieser später für die Menschheit getan hat, besinnen. Wer sich recht besinnt, wird mit seinen Gaben nicht nur seine Familienangehörigen bedenken, sondern auch für arme und notleidende Menschen etwas übrig haben. Schließlich wuchs das Jesuskind in ärmlichsten Verhältnissen auf, und als Jesus später älter war, waren es insbesondere die Armen und Kranken, denen er seine Liebe schenkte.« Nach einer kurzen Pause fuhr Mutter fort: »Man muss auch gar nicht viel schenken; es soll wirklich nur eine Geste sein. Vielleicht habe ich damit noch nicht umfassend den Sinn des Weihnachtsfestes erklärt, aber ich hoffe, meine Worte kommen dem sehr nahe.«

Unsere Betroffenheit wuchs. Wir begannen, einiges zu verstehen. Wieder war Benjamin der erste, der seine Gedanken in Worte umzusetzen verstand: »Ich glaube, den Fußball brauche ich doch nicht. So übel sind die Jungen eigentlich gar nicht.« Nach kurzer Überlegung fuhr er fort: »Vielleicht können wir dieses Jahr zum Weihnachtsfest ja Oma einladen. Sie würde sich bestimmt riesig freuen.« »Langsam, mein Junge!«, entgegnete Mutter. »So leicht ist das leider nicht, auch wenn es eine glänzende Idee ist. Ihr wisst, Oma wohnt in Amerika, und sie kann es sich sicher nicht leisten, ein Flugticket zu bezahlen. Und so viel verdient Vater auch nicht, dass er ihr jedes Jahr eines schenken kann. Erst vor zwei Jahren hat er ihr einen Flug bezahlt.«

Jeder fand Benjamins Idee so gut, dass er überlegte, wie man es vielleicht doch bewerkstelligen könnte. Stefan meinte: »Wenn ich es mir recht überlege, tut es ja auch ein einfaches Fahrrad. Es muss weder ein Mountainbike noch ein Rennrad sein. Mit dem ersparten Geld könnt ihr ja das Ticket bezuschussen.« Mutter lächelte zufrieden und sagte: »Ich glaube, ihr beginnt, den Sinn des Weihnachtsfestes zu verstehen. Ihr müsst zunächst nur die Augen aufmachen, um zu sehen, wem ihr an diesem Tage eine Freude machen könnt. Dann, wenn ihr lange genug darüber nachgedacht habt, werdet ihr auch einen Weg finden, euren Plan in die Tat umzusetzen. Ich bin mächtig stolz auf euch.« Es tat gut, von Mutter derart gelobt zu werden. Sie fuhr fort: »Noch habt ihr über zwei Wochen Zeit. Macht euch Gedanken, wem ihr welches Geschenk bereiten wollt. Wenn ihr Ideen oder Pläne habt, können wir jederzeit darüber sprechen. Ihr könnt euch meiner Unterstützung sicher sein. Vielleicht können wir eurem Vater auch eine Überraschung bereiten.«

Die Zeit verging. Es wurde Weihnachten. Der Heilige Abend begann wie jedes Jahr. Wir zogen uns alle festlich an und gingen gemeinsam in die Kirche. Anschließend mussten wir Kinder uns noch ein Weilchen gedulden, bis Vater uns mit einem Glöckchen kundtat, dass wir nun das Wohnzimmer betreten durften. Der Baum war wie in jedem Jahr festlich geschmückt. Nur die Flammen der vielen Kerzen schienen heller als sonst zu sein. Sie schienen vor freudiger Erregung zu flackern. Wir wünschten uns untereinander »Fröhliche Weihnachten« und packten unsere Geschenke aus. Benjamin bekam seinen Kuschelbär, Stefan seinen Schulranzen und ich das Buch übers Weltall mit vielen bunten Fotos. Ich habe es noch heute. Außerdem gab es für jeden einen Teller mit Süßigkeiten. Vater schaute überrascht und verwundert, dass wir uns über unser Geschenk freuten. Er befürchtete unsere Enttäuschung darüber, dass wir nicht alles bekamen, was wir uns gewünscht hatten. Auch konnte er seine freudige Überraschung über sein Geschenk nicht verbergen, das wir ihm machten. In den letzten Jahren bekam er von uns immer eine Krawatte. Dieses Mal haben wir für ihn ein wunderschönes Mobile für sein Arbeitszimmer gebastelt. Er freute sich riesig. Mutter stand nur da und lächelte wissend. Wir sangen gemeinsam zwei oder drei Weihnachtslieder. Dann erhob Vater das Wort: »Also Kinder, nochmals vielen Dank für das tolle Mobile. Es ist viel schöner als die, die man für viel Geld kaufen kann. Nun bin ich aber gespannt, welches Gedicht unser Jüngster dieses Jahr zum Vortrag bringen wird. Bitteschön, Benjamin!«

Benjamin trat ein paar Schritte vor, stellte sich mit dem Rücken zum Weihnachtsbaum, so dass er uns alle sehen konnte, und begann mit seinem Gedicht, das wir in den Tagen zuvor mit Mutter ersonnen hatten:

> *»Ihr lieben Eltern, liebe Leute,*
> *das Weihnachtsfest feiern wir heute.*
> *Wir feiern's anders dieses Jahr,*
> *denn eines, das ist uns jetzt klar:*
> *Es kann nicht immer darum gehen,*
> *auf uns're Gaben nur zu sehen,*
> *wichtig ist, was wir verschenken,*
> *daran sollten wir stets denken.«*

Vater schaute ungläubig, er war gerührt. Doch er konnte noch nicht alles verstehen. »Das hast du ganz prima gemacht, Benny«, lobte er. »Wo habt ihr dieses tolle Gedicht her? Ich kannte es noch gar nicht? Wirklich sehr, sehr schön! Ich bin richtig stolz auf meine Kinder. Nun aber wollen wir uns nicht entgehen lassen, was Mutter Gutes gekocht hat. Lasst uns speisen.«

Vater ging schon auf den festlich gedeckten Tisch zu, als er plötzlich stutzte: »Eins, zwei, drei ... Warum hast du denn so viele Plätze gedeckt?«, wollte er von Mutter wissen. »Warte noch ein Weilchen«, sagte sie freundlich lächelnd.

Nun kam Stefans Auftritt. Er ging zur Tür, die zur Diele führte, und bat eine alte, gebrechliche Frau einzutreten. Vater schaute verdutzt. »Ja, wer sind denn Sie, liebe Frau?«, fragte er freundlich. Die Frau wollte ihm gleich antworten. Doch es fiel ihr schwer zu sprechen. Mutter sprang für sie ein: »Das ist Frau Becker. Sie lebt in dem Altenheim gleich um die Ecke. Es war Stefans Idee, sie zu unserem Weihnachtsfest einzuladen. Sie hat keine Verwandten mehr und müsste den Heiligen Abend sonst ganz allein in ihrem tristen Zimmer verbringen. Wie findest du das?« Vater warf einen unglaublich stolzen Blick auf Stefan und geleitete Frau Becker an ihren Platz. Dann sprach er: »Willkommen, Frau Becker. Ich freue mich, dass Sie gekommen sind. Ich wünsche Ihnen und uns allen einen wunderschönen Abend.« Dann wandte er sich an Stefan: »Toll, mein Junge! Ich weiß jetzt, du hast viel mehr verstanden, als ich dir zugetraut habe.«

Noch bevor Vaters Verwunderung so recht verflog, ging ich zur Tür, um einer weiteren Dame Einlass zu gewähren. Es war unsere Oma, Vaters Mutter.

Vater schaute ungläubig, um dann auf seine Mutter zuzustreben und sie auf das Herzlichste willkommen zu heißen. »Grüß' dich, Mutter!«, sagte er. »Die Überraschung ist dir wirklich gelungen. Zwei lange Jahre haben wir uns nicht mehr gesehen. Ich kann dir gar nicht sagen, wie ich mich freue. Aber wie konntest du dir das Flugticket leisten? Hast du in einer Lotterie gewonnen?«, wollte er wissen. »Nein, nein, mein Sohn!«, entgegnete sie. »Wir müssen uns bei deinen wundervollen Kindern bedanken, dass ich hier sein kann. Sie haben freiwillig auf die meisten Geschenke verzichtet, die sie sich gewünscht hatten. Von dem Ersparten hat ihre Mutter mir das Flugticket geschickt.« Nun wurde unserem Vater langsam klar, warum Mutter darauf bestand, jedem von uns nur ein Geschenk zu kaufen, obwohl das Geld für alle Geschenke bereit lag.

Vater, der vor Freude strahlte, bat uns, jetzt endlich Platz zu nehmen. »Einen Moment noch!«, rief Mutter. Nun ging Benny zur Tür und führte einen Mann herein. Man sah dem Mann deutlich an, dass das Leben es nicht immer gut mit ihm gemeint hatte. Vater schaute, als stünde er einem Geist gegenüber. Doch er fasste sich schnell und stammelte: »Mensch Freddy, bist du es wirklich! Ich kann es nicht glauben. Wie lange haben wir uns nicht mehr gesehen? Wo hast du die ganze Zeit nur gesteckt, mein lieber Freund? Wie oft habe ich versucht, dich aufzuspüren.« Die beiden umarmten sich lange. »Deine Kinder und deine Frau haben mich gefunden und zum Festschmaus eingeladen. Wir werden im Laufe des Abends sicherlich noch reichlich Gelegenheit haben, über alle diese Fragen zu reden«, antwortete der Mann, der früher Vaters bester Freund war und nach schweren Schicksalsschlägen in einem Heim für Obdachlose gelandet war.

Vater war fassungslos vor Glück und freudiger Erregung. Er schämte sich nicht seiner Tränen. »Mensch Kinder!«, sprach er. »Ich kann euch gar nicht sagen, wie ich mich freue, dass ihr alle hier seid, um mit uns gemeinsam Weihnachten zu feiern.« Dann nahm er Mutter liebevoll und zärtlich in den Arm und wandte sich an uns: »Ich bin dermaßen stolz auf euch, dass ich es gar nicht in Worte zu fassen vermag. Ich glaube, ihr habt den Sinn des Weihnachtsfestes wirklich begriffen.«

Die Hebamme und der Tod

Eine Hebamme hatte soeben einer jungen Frau in deren Haus dabei geholfen, Zwillinge auf die Welt zu bringen. Etwas erschöpft machte sie sich auf den Heimweg.

Nach etwa hundert Metern kam ihr eine sonderbare Gestalt entgegen. Diese trug einen langen schwarzen Cape und hatte die Kapuze weit ins Gesicht gezogen. Die Hebamme war neugierig und fragte: »Grüß Gott! Wer bist denn du? Ich habe dich hier noch nie gesehen.«

»Grüß Gott, Hebamme!«, antwortete die Gestalt. »Du solltest mich eigentlich kennen, so wie ich dich auch kenne. Schau mir mal genau ins Angesicht!«

Jetzt merkte die Hebamme, dass ein Totenschädel unter der Kapuze hervorlugte. »Ja, bist du etwa der Tod?«, fragte sie mit zitternder Stimme.

»Die meisten Menschen nennen mich so. Ich halte den Ausdruck ›Engel des Todes‹ für passender«, entgegnete der Tod.

»Gehe bitte fort und lasse uns hier in Ruhe!«, forderte die Hebamme den Tod auf.

»Gemach, gemach, Hebamme! Warum soll ich fortgehen? Hast du etwa Angst vor mir?«

»Jeder hat Angst vor dir und fürchtet dich. Keiner will, dass du ihn holst. Außerdem bist du ja mein

Gegenspieler. Ich hole die Menschen auf die Welt, und du nimmst sie irgendwann wieder von der Welt. Auch hast du Lump schon einige Kinder abgeholt, denen ich ins Leben verholfen habe«, sagte die Hebamme.

»Ich kann deine Argumentation schon ein wenig nachvollziehen. Aber irgendwie haben wir doch fast die gleichen Aufgaben. Du hilfst den Menschen, den letzten Schritt zu machen, um aus der geistigen Welt wieder auf die Erde zu kommen, und ich hole sie wieder ab und führe sie in die geistige Welt zurück, wenn es an der Zeit ist, wenn ihre Lebensuhr abgelaufen ist«, gab der Tod zur Antwort.

»Ich könnte es ja noch verstehen, wenn du nur alte oder schwerkranke Menschen abholen würdest. Aber du hast doch auch keine Skrupel, junge und gesunde Menschen mitzunehmen. Wie oft hast du schon ein Kind dem Leben entrissen, das ich erst kurze Zeit zuvor aus dem Leib seiner Mutter geholt habe!«

»Es ist für euch Menschen schwer zu verstehen, dass wir Engel des Todes häufig auch junge Menschen, selbst Kinder abholen müssen. Selbst uns sind die Hintergründe nicht immer ganz klar. Wir bekommen unsere Aufträge von anderen Engelwesen, die viel mächtiger und weiser sind als wir. Und die irren sich nie! Die wissen genau, warum sie uns beauftragen.«

»Ja, kann es denn irgendeinen Grund geben, ein Kind sterben zu lassen?«

»Aber natürlich! Ich will dir nur zwei nennen. Für die geistig-seelische Entwicklung mancher Seelen ist es wichtig, noch einmal für kurze Zeit in die Erdenwelt einzutauchen. Diese Erfahrung benötigen sie. Dazu können wenige Jahre, manchmal wenige Monate, Wochen oder gar Tage hinreichend sein. Dann holen wir sie wieder ab und führen sie zurück in die Welt, in der sie vor der Empfängnis waren. Dort werden sie von anderen verstorbenen Seelen und Engelwesen mit großer Freude und Huld empfangen. Wiederum andere haben sich schon lange Zeit vor ihrer Geburt entschlossen, ihren Eltern ein regelrechtes Opfer zu bringen. Sie wissen, dass ihre Eltern durch die tiefe Trauer, die ihr früher Tod auslösen wird, ihrem Leben eine ganz andere, eine viel bessere Richtung geben können, dass sie dadurch sogar zu einem spirituellen Leben finden können.«

»Mir fällt es schwer, das nachzuvollziehen. Wenn du recht hättest, müssten wir Menschen ja auch keine Angst vor dir bzw. deinen Amtskollegen haben«, meinte die Hebamme.

»Da hast du völlig recht! Dass ihr Menschen den Tod fürchtet wie der Teufel das Weihwasser, liegt einzig und allein daran, dass ihr nicht wisst, was der Tod eigentlich ist und was danach geschieht. Wenn ihr euch mehr damit befassen würdet, gäbe es keinen Grund, Angst zu haben. Dann könntet ihr wissen, dass es immer einen guten Sinn hat, wenn ein bestimmter Mensch stirbt, und dass ein Verstorbener anschließend auf einer anderen Ebene des Daseins weiterlebt und dort ein in vielerlei Hinsicht erfüllenderes Leben haben wird. Viele von euch halten diese andere Ebene des Daseins für ein Hirngespinst. Sie haben die absurde Vorstellung, dass wir sie in ein Nichts führen würden. Wenn es etwas im Weltensein *nicht* gibt, dann ist es ein Nichts. Eure Angst und Furcht basieren nur auf Unwissenheit. Wenn ihr nur ein wenig mehr verstehen würdet, könntet ihr uns als Freund erleben.«

Der Tod und die Hebamme verabschiedeten sich. Von weitem sah sie noch, wie der Tod zielstrebig auf das Haus zuschritt, in dem vor nicht einmal einer Stunde zwei Seelen das Licht der Welt erblickten...

Herr Hofer, ein Mann mittleren Alters, war eigentlich ein sehr ausgeglichener und gutmütiger Mensch. Doch die letzte Arbeitswoche hatte ihn an die Grenze seiner Belastbarkeit geführt. Trotz großen Einsatzes und vieler Überstunden war das Arbeitspensum einfach nicht zu schaffen gewesen. Zu allem Überfluss wurde er von seinem Chef noch mit harschen Worten kritisiert, weil er nicht alles erledigen konnte.

Endlich war diese überaus stressige Woche vorüber. Den Samstag wollte Herr Hofer nutzen, um sich von diesem Ärger gründlich zu erholen. Nachdem er deutlich länger als üblich geschlafen hatte, ging er in einem nahe gelegenen Park spazieren, wo er wieder zur Ruhe kommen und zu sich selbst finden wollte. Dort ließ er sich auf einer Bank nieder und versuchte abzuschalten. Die herrliche Frühlingssonne und das muntere Gezwitscher der Vögel gaben sich alle Mühe, ihn dabei zu unterstützen.

Da kam ein kleiner, etwa achtjähriger Junge auf ihn zu und bat: »Spielst du ein wenig mit mir? Meine Freunde haben heute alle keine Zeit für mich.« »Ich habe auch keine Zeit für dich. Lass' mich in Ruhe!«, herrschte Herr Hofer den Jungen an. »Ach bitte, nur ein halbes Stündchen!«, flehte der Kleine. »Geh' nach Hause und spiele mit deinen Geschwistern oder mit deinem Vater!«, reagierte der Mann gereizt. Der Junge ließ nicht locker: »Ich habe keine Geschwister, und mein Vater ist schon im Himmel.« Der Mann setzte genervt nach: »Vermutlich bist du deinem Vater auch immer auf die Nerven gegangen, so dass er dann gestorben ist. Ich habe keine Lust, mit dir zu spielen. Hau endlich ab!« Der Junge fing an, bitterlich zu weinen und lief davon. Herr Hofer war froh, wieder seine Ruhe zu haben.

In der folgenden Nacht konnte er nicht gut schlafen. Immer wieder wachte er auf, weil ihm die Begegnung mit dem Jungen keine Ruhe lassen wollte. Ihm wurde nun allmählich klar, dass er sich ganz unmöglich verhalten hatte. Der Junge tat ihm unsagbar leid. Nur zu gern hätte er sich bei dem Kleinen entschuldigt und sein Fehlverhalten wieder gutgemacht. Jetzt hätte er gern stundenlang mit ihm gespielt. Aber er wusste ja nicht einmal wie der Junge heißt und wo er wohnt.

Am nächsten Tag fand im Kinderheim seiner Heimatgemeinde ein Kostümfest für die Kinder des Heimes statt. Herr Hofer hatte schon vor Wochen zugesagt, einen Teil des Unterhaltungsprogramms zu übernehmen. Er sollte als Clown auftreten. Da ihm sein Verhalten vom Vortage aber immer noch schwer im Magen lag und da sein schlechtes Gewissen ihm sehr zu schaffen machte, musste er sich regelrecht zwingen, sein Versprechen einzuhalten. So machte er sich recht missgelaunt auf den Weg. In einem Nebenraum des Kinderheimes zog er sein Clownskostüm an, schminkte sein Gesicht mit einer weißen Farbe, setzte eine Perücke mit roten Haaren und eine dicke rote Knollennase auf.

Um Punkt 15 Uhr betrat er den großen Raum, in dem die Heimkinder schon ungeduldig auf ihn warteten. Auch die Kinder hatten sich alle verkleidet. Nur mit Mühe gelang es dem Clown, mit seiner Darbietung zu beginnen. Dennoch kamen schon die ersten Späße bei den Kindern recht gut an.

Dann entdeckte der Clown plötzlich unter all den maskierten Kindern einen Jungen, der sich – mehr schlecht als recht – auch als Clown verkleidet hatte. Dem großen Clown war sofort klar, dass es sich bei dem kleinen Clown um den Jungen vom Vortag handelte. Den großen Clown ergriff eine große innere Freude. Sofort wandte er sich an den kleinen Clown, der etwas still und fast traurig auf einem der hinteren Plätze saß und der den großen Clown natürlich nicht erkannte: »Hallo du dahinten, hallo mein lieber Clownskollege, magst du mir auf der Bühne ein wenig helfen?« Schüchtern erhob sich der kleine Clown von seinem Platz und schlich zur Bühne.

Der große Clown nahm ihn auf seinen Arm und sprach zum Publikum: »Darf ich euch meinen Assistenten vorstellen! Er wird mir jetzt zur Hand gehen. Ohne seine Hilfe könnte ich euch nicht alles vorführen.« Der kleine Clown war freudig erregt und harrte der Dinge, die da kamen. Zunächst ermunterte der große Clown den kleinen, mit ihm zusammen ein paar improvisierte Turnübungen vorzuführen. Der kleine Clown erwies dabei eine erstaunliche Beweglichkeit und Geschicklichkeit. Das Publikum klatschte laut Beifall. Dann bat der große Clown den kleinen, ihn bei seinen Zauberkunststücken zu helfen. So durfte er beispielsweise während des gesamten Auftrittes den geheimnisvollen Zauberstab halten. Wann immer der große Clown ihm ein kleines, vom Publikum nicht zu bemerkendes Zeichen gab, schwang er diesen in der Luft und sprach mit feierlicher Stimme die Zauberformel »Abrakadabra«. Als Höhepunkt der Darbietung zeigte der große Clown dem Publikum einen leeren Zylinder. Er flüsterte dem kleinen Clown etwas ins Ohr; dann zog dieser ein Kaninchen aus dem Zylinder! Die Zuschauer rasten vor Begeisterung.

Die Augen des kleinen Clowns strahlten voller Glück. Ganz aufgewühlt, aber auch voller Stolz verließ er die Bühne und ging wieder auf seinen Platz zurück.

Noch lange Zeit später erinnerte sich der Junge mit großer Freude und Genugtuung an diesen Nachmittag. Die anderen Kinder des Heimes, die ihm zuvor wenig Beachtung schenkten, sprachen ihn immer wieder auf seinen tollen Auftritt an und baten ihn jetzt immer öfter, mit ihnen zu spielen.

Auch Herr Hofer war hoch zufrieden, ja geradezu beglückt, so beglückt, dass er sich den ganzen Tag von seinem Clownskostüm und seiner Maskerade nicht trennen wollte.

Die Dreiteilung der Beute

Ein Wolf, ein Fuchs und ein Luchs schlenderten durch den Wald. Alle drei waren sehr hungrig und hofften, bald Beute machen zu können.

Dann sahen sie plötzlich ein totes Reh, das erst vor kurzem verendet war. Am liebsten hätten sie sich gleich gierig über die Beute hergemacht.

Der Wolf, der den größten Hunger hatte, wollte sich schon das tote Reh schnappen, um es aufzufressen. Doch dann fragte er anstandshalber die beiden anderen: »Wie wollen wir die Beute gerecht unter uns aufteilen?«

Der Luchs hatte einen Vorschlag: »Wir teilen das Reh in drei Teile. Den ersten Teil bekommst du, den zweiten ich und das letzte Drittel gehört dem Fuchs.«

Daraufhin schnappte sich der Wolf den Luchs und fraß ihn auf. Dann wandte er sich an den Fuchs und fragte: »Hast du einen Vorschlag, wie wir die Beute unter uns beiden aufteilen?«

Der Fuchs sagte: »Ja, lass uns das Reh in drei Teile aufteilen. Du bekommst das erste Drittel, weil dieses dir sowieso zusteht. Das zweite Drittel, das eigentlich dem Luchs gehört hätte, steht dir auch zu, weil du ihn gefressen hast. Und das letzte Drittel bekommst du, weil du das schlauste Tier im ganzen Wald bist.«

Der Wolf fragte den Fuchs erstaunt: »Wer hat dich so weise zu teilen gelehrt?«

»Es war der Luchs, der mich das gelehrt hat.«

Der Wolf war zufrieden und machte sich genüsslich über die Beute her. Der schlaue Fuchs kam mit dem Leben davon und zog erleichtert von dannen.

Das Beichtgeheimnis

Pfarrer Hans Holzner war schon seit fast zwanzig Jahren Priester in einer katholischen Pfarrei in der Oberpfalz. Seine Gemeindemitglieder schätzten ihn als ihren Seelsorger, der immer Rat wusste, sehr.

Als er eines Morgens während des Frühstücks noch einen Blick in den Lokalteil der Tageszeitung warf, war er ganz erschüttert. Er musste lesen, dass vor zwei Tagen wieder eine junge Frau im nahe gelegenen Wald vergewaltigt wurde. Die Polizei ging davon aus, dass es sich um denselben Täter handelte, der vor zehn Wochen bereits eine Frau in seine Gewalt gebracht und sexuell missbraucht hatte. Wie schon das erste Opfer konnte auch diese Frau den Täter, der eine Maske und unauffällige Kleidung trug sowie kein Wort sprach, nicht beschreiben, so dass die Polizei keinen Anhaltspunkt hatte, um seiner habhaft werden zu können.

Pfarrer Holzner durchzuckte es. Sofort erinnerte er sich siedend heiß, dass der Täter damals kurz darauf bei ihm zur Beichte erschien. Auch wenn er ihn im Beichtstuhl natürlich nicht sehen konnte, erkannte er ihn an seiner recht markanten tiefen Stimme und seinem leichten Stottern. Er wusste, dass er diesem Mann, dessen Namen und Wohnort er allerdings nicht kannte, schon hin und wieder begegnet war. Er hätte ihn recht gut beschreiben und anhand seines Sprachfehlers eindeutig identifizieren können.

Nun gab es aber ein Problem: Nach katholischem Kirchenrecht gilt das Beichtgeheimnis, das heißt, der Beichtvater darf keinem von dem, was der Beichtende als Sünde bekannt hat, Mitteilung machen. Selbst wenn ein Mord gebeichtet würde, kann der Priester nicht von dieser strengen Verschwiegenheit entbunden werden. Pfarrer Holzner hielt sich selbstredend an das Beichtgeheimnis. Da der Täter sich bei der Beichte sehr einsichtig und reumütig gezeigt und sogar vorgegeben hatte, von schlimmsten Gewissensbissen geplagt zu werden, war sich der Pfarrer ziemlich sicher gewesen, dass dieser nicht erneut straffällig werden würde. Somit kam er auch nicht in einen Gewissenskonflikt mit dem Beichtgeheimnis.

An diese Beichte hatte er mittlerweile schon längst nicht mehr gedacht. Aber jetzt war er ganz fassungslos, dass der offensichtlich selbe Mann erneut einer Frau Übelstes angetan hatte. Freilich durfte er auch jetzt mit keinem darüber reden.

Wenngleich er jetzt das Gefühl hatte, dass es wohl richtig wäre, zur Polizei zu gehen, war es für ihn als Priester keine Option, das Beichtgeheimnis zu verletzen. Pfarrer Holzner beschloss, nicht mehr darüber nachzudenken.

Dann kam es, wie es wohl kommen musste. Der Mann überfiel zwei Wochen später eine weitere Frau, zerrte sie ins Gehölz und vergewaltigte sie.

Im Gegensatz zu den ersten beiden Opfern konnte diese Frau der Polizei einige Anhaltspunkte geben. Da dem Gewalttäter während seiner fürchterlichen Tat die Maske im Nacken ein wenig verrutschte, wurde sie gewahr, dass er feuerrote Haare hatte. Auch wenn dieses Merkmal den Kreis der Täter schon deutlich einschränkte, reichte diese Spur noch nicht aus, um ihn ausfindig zu machen.

Über die Zeitung suchte die Polizei Zeugen, die an den in Frage kommenden Tagen einen Mann mit feuerroten Haaren in der Nähe der jeweiligen Tatorte gesehen hätten.

Zahlreiche Hinweise gingen bei der Polizei ein. Sie reichten aber alle nicht aus, um den Täter zu erwischen. Überall in der Gegend hingen jetzt Steckbriefe aus, über die nach einem Mann mit feuerroten Haaren gefahndet wurde.

Freilich bekam das Pfarrer Holzner alles mit.

Noch nie in seinem Leben stand er vor einer so schwierigen Entscheidung: Sollte er auch weiterhin das Beichtgeheimnis strikt respektieren, oder sollte er es verletzten und der Polizei einen Hinweis geben, um dadurch möglicherweise weiteren Frauen das zu ersparen, was die bisherigen Opfer durchzumachen hatten?

Es arbeitete stark in ihm. Seine Gedanken drehten sich im Kreis. Noch nie in seinem Leben war er so ratlos.

Schließlich entschied er sich für einen Kompromiss. Er gab der Polizei den anonymen Hinweis, dass der Täter eine ungewöhnlich tiefe Stimme habe und ein wenig stottere.

Die Polizei nahm den Hinweis zunächst nicht ernst und wollte ihm nicht nachgehen. Doch dann entschied der leitende Beamte sich anders.

Jetzt war der Kreis der Täter deutlich eingeengt. Männer mit feuerroten Haaren, einer ungewöhnlich tiefen Stimme und leichtem Stottern gab es in der näheren und weiteren Umgebung nicht so viele.

In der Tat konnte der Mann schon ein paar Tage später dingfest gemacht und seiner gerechten Strafe zugeführt werden.

Pfarrer Holzner war zufrieden. Streng genommen hatte er das Beichtgeheimnis gewahrt und trotzdem einen entscheidenden Beitrag zur Festnahme des Täters geleistet.

Allerdings konnte er sich bis an sein Lebensende nicht verzeihen, dass er nicht schon damals kurz nach der Beichte diesen Hinweis gegeben hatte, wodurch zwei Frauen dieses traumatische Erlebnis erspart geblieben wäre.

Wie ein kleiner Engel sich goldene Flügel verdiente

ie Engel sind schon seit Jahrtausenden damit betraut, die Menschen auf der Erde zu führen und zu beschützen.
In regelmäßigen Abständen kommen sie seitdem immer am Himmelszelt zusammen, um ihre Erfahrungen auszutauschen und sich wertvolle Anregungen zu holen, wie sie vielleicht etwas noch besser machen können oder wie sie gewisse Probleme, die ihre Schutzbefohlenen haben, lösen können. Diese Zusammenkünfte werden von einem Erzengel geleitet, der die Engel berät und unterstützt.

Die weitaus meisten Engel haben große goldene Flügel, die unglaublich leuchten und strahlen. Einige aber haben nur silberne Flügel, die nicht so schön leuchten. Ein besonders kleiner Engel mit silbernen Flügeln beneidete seine Kollegen schon seit langer Zeit wegen ihrer schönen goldenen Flügel, die er natürlich auch gern gehabt hätte.

Eines Tages nahm der kleine Engel seinen ganzen Mut zusammen und fragte den Erzengel: »Lieber Erzengel, warum haben die meisten meiner Kollegen so schöne goldene Flügel, während ich nur ziemlich kleine silberne habe?« Der Erzengel antwortete: »Mein geliebter Engel, diese Engel haben schon sehr viel für die Menschen getan. Entweder haben sie einen Erdenbürger sein ganzes Leben lang begleitet und beschützt oder sie haben bestimmten Menschen in einer besonders kritischen Situation geholfen. Daher haben sie sich ihre goldenen Flügel verdient.«

»Ich würde auch sehr gern etwas für einen Menschen tun! Welchem Menschen könnte ich denn helfen? Und was müsste ich tun?«, fragte der kleine Engel. »Nun, du müsstest dir einen Menschen suchen, der in einer äußerst schwierigen Situation ist und vielleicht eine Dummheit vorhat, vor der du ihn bewahren müsstest!«, entgegnete der Erzengel.

Darauf meinte der Engel: »Dazu bin ich selbstverständlich bereit! Aber wie finde ich da unten auf der Erde einen Menschen, der meiner Hilfe dringend bedarf?«

»Dabei werde ich dir helfen. Ich weiß schon einen Menschen, der dich braucht!«, erwiderte der Erzengel, führte den kleinen Engel an die Himmelspforte und schaute mit ihm auf die Erde hinunter. »Siehst du dort unten den Mann, der da im Stadtpark auf einer Bank sitzt?« Der Engel nickte. »Genau um den geht es. Dieser Mensch wird auf der Erde unter dem Namen Walter Schober geführt.«

»Der schaut ja ganz traurig aus! Was hat er für ein Problem?«, wollte der kleine Engel wissen. »Nun, dieser Mann ist so verzweifelt, dass er plant, sich in den nächsten Tagen das Leben zu nehmen«, sprach der Erzengel. »Aber das ist ja ganz furchtbar! Wie kann ich das nur verhindern?«, wollte der Engel mit den silbernen Flügeln wissen. Der Erzengel erwiderte: »Das herauszufinden ist deine Aufgabe! Ganz so einfach ist es nicht, sich goldene Flügel zu verdienen. Du musst einen Weg finden, das zu vereiteln. Wie du es machst, ist deine Sache. Aber einen Tipp möchte ich dir noch geben: Lese zunächst ausführlich in der großen Himmels-Chronik, um dich über alles zu informieren, was das Leben von Herrn Schober betrifft. Das kann dir gewiss eine Anregung für deine Hilfe geben.«

Auf der Erde saß Herr Schober immer noch tieftraurig auf der Parkbank.

Vor einigen Jahren war seine Frau gestorben. Da er keine Kinder hatte, war er jetzt ganz allein. Dadurch fiel er für viele Monate in eine tiefe Depression. Wegen dieser Krankheit wurde er dann sogar aus dem Schuldienst vorzeitig in Rente geschickt, obwohl er erst Mitte fünfzig war. Das machte dem ehemaligen Lehrer schwer zu schaffen. Er konnte seinem Leben keinen Sinn mehr abgewinnen. Immer wieder dachte er: »Ich will nicht mehr leben. Mein ganzes Leben war ohnehin nichts wert. Heute habe ich nicht einmal mehr eine Arbeit. Ich bin zu nichts nütze. Also, wozu sollte ich noch leben?«

Natürlich können Engel alles wahrnehmen, was Menschen auf der Erde sagen und denken. So bekam auch der kleine Engel mit, was Herr Schober dachte und er wurde ganz betrübt und sagte sich: »Dem armen Mann muss ich unbedingt helfen! Ich muss verhindern, dass er sein Vorhaben in die Tat umsetzt!«

In der Zwischenzeit hatte er schon sehr ausführlich die Himmels-Chronik studiert, in der alles verzeichnet ist, was ein Mensch jemals gemacht, gedacht und gefühlt hat. Er schaute auf alles, was das bisherige Leben von Herrn Schober anbelangte. Das gesamte Leben seines Schützlings lief wie ein Film im Zeitraffer vor dem Seelenauge des Engels ab. Da kam ihm auch schon bald eine Idee, wo und wie er ansetzen könnte.

Herr Schober hatte vor vielen Jahren einen Schüler auf dem Gymnasium, einen gewissen Dieter Jacobi. Dieser war ein sehr schlechter Schüler, und die meisten Lehrer waren der Meinung, dass es keinen Sinn machen würde, ihn zum Abitur zu führen. Nur Herr Schober glaubte immer an ihn. Er hatte ihn stets gegen den Widerstand seiner Kollegen auf vielen Ebenen gefördert, so dass er tatsächlich später das Abitur schaffte. Anschließend studierte er Psychologie. Seit Jahren leitete er mittlerweile mit großem Engagement und viel Herzblut ein Waisenhaus, ganz in der Nähe von Herrn Schobers Wohnort. Der Lehrer und sein Schüler hatten keinen Kontakt mehr, seit Dieter die Schule abgeschlossen hatte.

Dem kleinen Engel wurde sofort klar, dass Dieter Jacobi Herrn Schober helfen könnte, nur wusste er noch nicht so recht, wie er das anstellen sollte.

Nach kurzer Überlegung reifte in ihm ein Plan. Er bat einen Engel, der schon goldene Flügel hatte, ihm zu erklären, wie man es anstellen müsste, um einem Menschen im Traum zu erscheinen. Der erfahrene Engel gab ihm einige wertvolle Hinweise.

In der folgenden Nacht sah Dieter Jacobi dann im Traum eine Lichtgestalt, die in liebevollen, aber bestimmten Worten sprach: »Dieter, du wirst gebraucht! Deinem früheren Lehrer, Herrn Schober, der früher so viel für dich getan hat, geht es sehr schlecht. Er hat keinen Lebensmut mehr. Du musst ihm unbedingt helfen!«

Als Dieter kurz darauf erwachte, erinnerte er sich an jedes einzelne Wort, das er im Traum vernommen hatte. Er hatte den Eindruck, gar nicht geträumt zu haben, sondern von einem sonderbaren Wesen aufgesucht worden zu sein.

Sogleich fiel ihm wieder sein ehemaliger Lehrer ein und er dachte: »Der gute Herr Schober! Das war ein ganz, ganz feiner Mann. Ja, wenn es ihm schlecht geht, muss ich was unternehmen.«

Dann suchte Dieter Jacobi im Internet nach Herrn Schobers Adresse und ging noch am gleichen Nachmittag zu ihm.

Herr Schober war ganz erstaunt, Dieter, den er sofort wiedererkannte, vor sich zu sehen. Seit langer Zeit sah man wieder ein leichtes Lächeln über Herrn Schobers Gesicht huschen.

Die beiden unterhielten sich einige Stunden sehr angeregt. Natürlich sagte Herr Schober nicht, dass er vorhatte, seinem Leben ein Ende zu setzen. Aber er schilderte schon, dass er sein Leben als ziemlich sinnlos erachtete, da er jetzt nicht einmal mehr eine Arbeit hätte.

Darauf sagte Dieter Jacobi: »Aber lieber Herr Schober, mich muss wohl ein Engel zu ihnen geschickt haben! Seit Monaten suche ich vergeblich nach einer Lehrkraft für mein Waisenhaus, die sich um die Betreuung und Erziehung der Kinder kümmert. Einen besseren und gütigeren Pädagogen als Sie könnte ich mir gar nicht wünschen!«

Schon am folgenden Montag übernahm Herr Schober freudig und elanvoll seine neue Aufgabe.

Der kleine Engel strahlte vor Glück! »Das hat ja ganz gut geklappt!«, dachte er.

Da kam der Erzengel freudig auf ihn zu und sprach: »So mein lieber Engel, die goldenen Flügel hast du dir redlich verdient! Bei unserer nächsten Zusammenkunft werde ich sie dir im Rahmen eines kleinen Festaktes feierlich verleihen.«

Der »grüne Gerd«

n einem Dorf lebten viele Kinder. Da die meisten in etwa gleichaltrig waren, hatte also jeder genügend Spielkameraden.

Jeden Tag spielten die Kinder – oft stundenlang – miteinander, sobald sie ihre Hausaufgaben für die Schule erledigt hatten. Sie spielten Ball, Fangen, Verstecken, Räuber und Gendarm und noch mancherlei andere Spiele. Die Kinder kamen recht gut miteinander aus.

Nur eines der Kinder, einen zehnjährigen Buben namens Gerd, ließen sie nie mitspielen. Er stand immer traurig in der Nähe und schaute den anderen beim Spielen zu. Er litt sehr darunter, nicht mit den Kindern spielen zu dürfen. Gerd war etwas anders als die übrigen Kinder. Er war ziemlich klein, und seine Haut war grün wie frisches Gras. Er sah ein wenig aus wie ein Marsmännchen. Natürlich war er keines, falls es solche überhaupt geben sollte. Keiner konnte sich so recht erklären, warum er eine grüne Hautfarbe hatte. Selbst seine Eltern schauten ganz normal aus.

Wann immer die anderen Kinder sich trafen, um miteinander zu spielen, bat er stets wieder: »Ach bitte, lasst mich doch auch mit euch spielen!« Doch diese hörten seine Bitte nicht. Oft spotteten sie: »Wir spielen nicht mit Grünen. Gehe doch zu deinen grünen Männchen und spiele mit ihnen.« So ging es Tag für Tag, Woche für Woche, Monat für Monat.

Eines Tages fasste Gerd wieder einmal Mut und bat die anderen Kinder, mitspielen zu dürfen. Und wieder wurden einige nicht müde, ihn zu verspotten und seine Bitte höhnisch abzuweisen. Nur eines der Mädchen, sie hieß Johanna, schien ein wenig Mitleid mit Gerd zu haben. Sie meinte zu den anderen: »Vielleicht sollten wir ja einmal versuchen, ihn mitspielen zu lassen. Für unser Spiel könnten wir noch gut ein weiteres Kind brauchen.« Doch sie stieß auf taube Ohren. »Lieber fehlt uns ein Spielkamerad, als dass wir den Grünen mitspielen ließen. Der ist keiner von uns«, sagte einer der Jungen. Johanna ließ nicht locker: »Aber er kann doch genau so wenig etwas dafür, dass er grün ist, wie wir etwas dafür können, dass wir weiß sind.« Einige der anderen wurden ein wenig nachdenklich. Doch Dieter, der als ältestes der Kinder deren Anführer war, sagte nur: »Wir wollen mit dem nichts zu tun haben. Jetzt komm' endlich, damit wir anfangen können.«

Johanna war enttäuscht. »Wartet noch ein Weilchen. Ich bin gleich wieder da«, sprach sie und lief eilig nach Hause. Die übrigen Kinder warteten ungeduldig auf ihre Rückkehr, um mit dem Spielen beginnen zu können. Endlich, nach etwa einer halben Stunde sah man sie von weitem zurückkommen. Ja, aber war das überhaupt Johanna? Wie sah sie denn aus? Sie war ja ganz grün im Gesicht.

Auch ihre Hände waren grün wie Gras. Johanna hatte sich in der Zwischenzeit daheim ihr Gesicht und ihre Hände mit grüner Wasserfarbe angemalt. Sie sah nun genauso aus wie Gerd.

»Auf geht's! Lasst uns endlich anfangen!«, rief sie, wie wenn nichts gewesen wäre. Einige der Kinder stutzten. Dann ergriff Dieter das Wort: »Du glaubst doch wohl nicht, dass wir mit einer Grünen spielen! Lieber verzichten wir auf einen Mitspieler. Du kannst ja mit dem anderen Grünen spielen.« Dann ermunterte er die übrigen, endlich mit dem Spiel zu beginnen. Während die Kinder spielten, gesellte sich Johanna zu Gerd. Die beiden unterhielten sich sehr angeregt. Es wurde langsam dunkel. Bevor die Kinder nach Hause gingen, sagte Dieter in bestimmendem Ton: »So, Morgen treffen wir Weißen uns wieder um Punkt vier Uhr.«

Es wurde Morgen, es wurde vier Uhr. Dieter war als einziger pünktlich und freute sich schon auf das gemeinsame Spielen. »Wo bleiben denn nur die anderen?«, dachte er. Plötzlich kamen sie. Doch was war das? Alle schauten aus wie kleine Marsmännchen. Alle Kinder, natürlich bis auf Gerd, hatten sich mit grüner Wasserfarbe Gesicht und Hände angemalt.

»Ja, spinnt ihr jetzt alle?«, schrie Dieter. Doch er beruhigte sich schnell, da ihm klar wurde, dass er nun der einzige Weiße war. »Also gut! Ausnahmsweise dürft ihr alle heute mitspielen. Aber Morgen will ich hier keine Grünen mehr sehen. Lasst uns endlich anfangen«, meinte er.

»Ja, lasst uns anfangen«, sagte Johanna. »Aber ohne dich, Dieter!«, fügte einer der anderen Jungen hinzu. »Wir spielen nicht mit einem Weißen. Du kannst uns ja gern beim Spielen zuschauen, wenn du magst.«

Und so kam es dann auch. Die Grünen spielten ausgelassen und fröhlich miteinander. Natürlich durfte Gerd mitspielen. Schließlich war er ja auch ein Grüner. Dieter stand ungläubig und traurig da und schaute ihnen zu. Die Kinder schienen noch mehr Spaß an ihren Spielen zu haben als üblich.

Am nächsten Tag fanden sich wieder alle Kinder um Punkt vier Uhr an ihrem Treffpunkt ein. Die Kinder hatten sich mittlerweile längst die Wasserfarbe von Gesicht und Händen abgewaschen. Nur, man mochte es kaum glauben, Dieter sah aus wie ein Marsbewohner. Er schaute verdutzt, weil er und Gerd jetzt die einzigen Grünen waren. Vorsichtig fragte er: »Dürfen Gerd und ich mitspielen?« »Selbstverständlich!«, entgegnete Johanna. »Wir haben nichts gegen Grüne oder solche einzuwenden, die anders sind als wir. Lasst uns endlich anfangen!«

Der Tod und die Angst

in junger Schuster kehrte an einem Nachmittag von einer Reise in seine kleine Heimatstadt zurück.

Als er gerade das Stadttor durchschreiten wollte,
sah er an einer Seite des Tores eine seltsame, sehr
hagere Gestalt, die auf etwas zu warten schien.

Der Schuster fragte die Gestalt: »Guten Abend, guter Mann! Wer bist du? Ich habe dich hier noch nie
gesehen.«

Die Gestalt antwortete: »Wir hatten bisher noch
nicht die Ehre. Ich bin der Tod, der leibhaftige
Tod!«

Der junge Mann erschrak: »Was willst du hier?«

»Sobald die Sonne untergegangen ist, werde ich
das Stadttor passieren und fünf Menschen mitnehmen. Fünf von euch müssen heute Nacht sterben!«

Der Schuster war entsetzt. Eilig lief er zum Markt-
platz, auf dem sich zu dieser Zeit immer viele Menschen versammelten und berichtete ihnen von der
Begegnung mit dem Tod und dessen Weissagung.
Alle waren außer sich vor Angst und fürchteten, sie
könnten selbst zu denen gehören, die der Tod mitnehmen würde.

Die Nachricht verbreitete sich wie ein Lauffeuer
binnen weniger Stunden in der ganzen Stadt.

Am nächsten Tag stellte sich heraus, dass nicht fünf, sondern zwanzig Menschen gestorben waren.

Der junge Schuster lief am Nachmittag eilig zum Stadttor. Er hatte die Hoffnung, den Tod dort wieder anzutreffen.

In der Tat stand der Tod an der gleichen Stelle wie am Vortag.

Der Schuster war ganz wütend und herrschte den Tod an: »Du hast gesagt, dass du fünf von uns mitnehmen würdest. Jetzt sind aber zwanzig gestorben! Warum hast du mich belogen?«

»Ich habe dich nicht belogen«, sprach der Tod. »Es war mein Auftrag, fünf von euch abzuholen – genau fünf. Und das habe ich auch getan. Das ist nichts Besonderes. Im Durchschnitt sterben in deiner Stadt jeden Tag fünf Menschen. Ich hole nur diejenigen ab, deren Lebensuhr abgelaufen ist.–

Die übrigen fünfzehn sind gestorben, weil sie aufgrund deiner Mitteilung in Angst und Schrecken geraten sind! Sie sind an ihrer panischen Angst gestorben, dass sie möglicherweise zu den Fünfen gehören könnten, die von mir geholt werden mussten.«

Der sonntägliche Kirchgang

Sonntag ist es, noch ist es still.
Doch läuten schon die Kirchenglocken.
Obwohl man eigentlich nicht will,
macht man sich eilig auf die Socken.
Lieber bliebe man im Bette liegen.
Doch was macht das schon,
man muss die Faulheit nur besiegen,
schließlich ist es Tradition!

Zuvor noch ein Blick in den Schrank:
Was könnte man heute Feines tragen?
Man findet zügig, Gott sei Dank,
den neuen Mantel mit Zobel-Kragen.

Man kommt wie immer recht früh an.
So hat man Zeit, einen Platz zu wählen,
dass man gesehen werden kann.
Schließlich möchte man ja etwas zählen.
Die Kirche füllt sich mehr und mehr.
Der Nachbar hat sich schon verneigt.
Was trägt denn der da am Revers?
Den Schmuck hat er noch nie gezeigt!

Die Orgel spielt, der Pfarrer kommt.
Die Weisen aus alter Zeit erklingen
Obwohl es einen gar nicht frommt,
entscheidet man, brav mitzusingen.
Die Lesung folgt, ein Paulusbrief.

Man kann die Römerpost nicht mehr hören.
Wen interessiert der alte Mief?
Man lässt sich dadurch aber nicht stören.
So hat man Zeit für dies' und das!
Man kann die Blicke auf andr'es lenken.
Das macht doch viel mehr Sinn und Spaß,
als dem Pfarrer sein Ohr zu schenken.

Doch endlich folgt das Abendmahl!
Flugs reiht man sich ein in diesen Reigen.
So kann man ein weiteres Mal
das neue Gewand den Neidern zeigen!

Der Gottesdienst geht zu Ende.
Beim Verlassen draußen am Kirchentor
schüttelt man noch viele Hände.
Man nimmt sich für den nächsten Sonntag vor,
wieder zeitig hinzugehen.
Vielleicht hat man dann schon ein neues Kleid,
damit alle wieder sehen,
man ist ein Mensch aus der heutigen Zeit.

Ein gar frommer Mann

Ich bin ein gar frommer Mann.
Schließlich sieht mir keiner an,
dass ich auch oftmals fehle
und nicht nur auf das Gute zähle.

Ist mein Sündenkonto wieder voll,
weiß der Pfarrer, was ich soll:
Ich bereue alles in der Beichte,
diese Übung ist eine ganz leichte.

Dann spreche ich zehnmal ein Gebet,
und wenn es dann nach Hause geht,
ist meine Seele wieder rein.
So muss es nicht für immer sein.

Also kann ich wieder fehlen,
denn ich kann darauf zählen,
dass Jesus ist für mich gestorben.
Bin ich auch noch so verdorben,
der Pfarrer hat große Geduld,
er spricht mich wieder frei von Schuld.
Nur gut, dass ich katholisch bin!
Wo sollte ich mit meiner Last sonst hin!

Als frommer Mann darf ich hoffen,
dass mir der Himmel einst steht offen.
Kommt das nicht zum Tragen,
werde ich auch nicht verzagen.

Dann komme ich halt ins Fegefeuer.
Viele Menschen, die mir lieb und teuer,
werde ich dort wiederfinden.
Wozu sollte ich mich schinden!
Lieber bin ich unter all den vielen,
anstatt nur auf der Harfe zu spielen.

Das Gottesbild

»**W**ie einer ist, so ist sein Gott.
Darum ward Gott so oft zum Spott«,
sagte einst der große Goethe
in einem trefflichen Gedicht.
Auch in unsrer Zeit der Nöte
hat dieser Spruch durchaus Gewicht.
Gott zu suchen und zu finden,
sollte man sich überwinden.

Der eine sucht in der Natur.
Die Frage ist: Wo bleibt Er nur,
wenn die Erde wird vergehen,
Sonne, Mond und Sterne fallen?
Wo kann man Ihn dann wohl sehen?
Wo wird Sein Wort dann erschallen?
Dass Er dann auch muss weichen,
kann der Wahrheit nicht zur Ehr' gereichen.

Ein andrer sieht in Ihm den Mann,
der alles weiß und wirken kann,
nach dem zu suchen sich nicht lohne,
denn Er sei nicht zu erreichen,
weil er hoch über Wolken throne.
Doch sie warten auf ein Zeichen,
ob es Ihn denn auch wirklich gibt
und er die Schöpfung innig liebt.

»Nach Gott zu suchen fehlt der Sinn,
weil ich der Überzeugung bin,
dass er nicht einmal existiert«,
hört man einen Dritten sagen,
»und jeder Ihn nur spintisiert,
um sein Leben zu ertragen.
Nicht Gott schuf Mensch und Affen,
der Mensch hat sich Gott geschaffen.«

Ein Vierter macht es sich ganz leicht.
Er hält sich nicht dafür geeicht,
nach Allerhöchstem zu streben.
»Dazu gibt es doch die Pfaffen.
Die werden uns dann schon geben,
was wir ohnehin nicht raffen.
Freuen wir uns an dem Leben!
Uns fehlt doch der Grund zu streben.«

Wo ist Er nun, wo find' ich Ihn,
der höher steht als Seraphim?
Ergründen kann ihn nur der Weise,
der in allem, was die Welt durchzieht,
wenn auch nur ganz, ganz leise,
Seine Offenbarung sieht.
Selbst er wird lieber schweigen,
anstatt Ihn uns zu zeigen.

Wer nicht zu diesen Weisen zählt
und dennoch große Worte wählt,
um über Gott zu sprechen,
verzerrt Ihn oft zur Witzgestalt,
mit der dann viele brechen.
Das Dilemma ist schon alt.
Ein solcher zeigt nur ganz beredt,
wie es um ihn selber steht!

Wie einer ist, so ist sein Gott.
Darum ward Gott so oft zum Spott.

Umfassende Informationen
zu vielen weiteren Büchern
von Josef F. Justen
(Sachbücher, Erzählungen,
Biografien und Kurzgeschichten)
mit ausführlichen Leseproben
finden Sie auf der
offiziellen Autoren-Website:

www.Justen-Buecher.com

.